Paheli
Spiel um alles oder nichts

Karuna Riazi

PAHELI

SPIEL UM ALLES ODER NICHTS

Aus dem Englischen von Cornelia Panzacchi

Thienemann

Für meine Familie, die mir beibrachte,
sowohl einen eigenen Willen
als auch Respekt für die Spielregeln zu haben.

Prolog

Bei Familie Mirza waren Brettspiele ein beliebter Zeitvertreib. Monopoly, Malefiz, ja sogar Memory wurden mit Begeisterung gespielt.

So wie in vielen anderen Familien auch wurde vom ältesten Kind erwartet, dass es gelegentlich die jüngeren Geschwister gewinnen ließ. Das galt nicht als schummeln, obwohl Farah es eindeutig so empfand. Andererseits war es im Grunde ja wirklich nicht fair, gegen jemanden zu spielen, der viel jünger war als man selbst. Farah war schon beinahe ein Teenager und sie wusste, dass es Ahmads Selbstbewusstsein stärkte, wenn sie ihn hin und wieder gewinnen ließ. Außerdem beugte sie auf diese Weise den Heulkrämpfen vor, die er unweigerlich bekam, wenn er verlor.

Allerdings hatte sich mit der Zeit eingebürgert, dass Farah mit ihrem kleinen Bruder tagtäglich spielte und dass sie ihn bei *jedem* Spiel gewinnen ließ. Von dieser besonderen Regel gab es keine Ausnahmen, sie galt jeden Tag.

Sie galt sogar dann, wenn Freunde zu Besuch kamen, die Farah seit Monaten nicht mehr gesehen hatte. Sie galt sogar an ihrem zwölften Geburtstag.

1

Farah saß auf dem Wohnzimmerfußboden, den Rücken gegen das Sofa gelehnt, um die Tür im Auge zu behalten, während sie mit Ahmad Murmeln spielte. Es war ihr Geburtstag und die Geburtstagsgäste trudelten nach und nach ein.

»Ich bin dran, Farah *Apu*!«, rief der siebenjährige Ahmad so laut, dass die eintretenden Gäste zusammenzuckten. »Ich bin dran!«

Er saß ihr gegenüber auf dem Fußboden. Neben sich hatte er eine Schachtel mit *Chenna Murki* und bot ihr von den weichen süßen Käsekugeln an, nachdem er sich selbst eine ganze Handvoll davon in den Mund geschoben hatte. »Willst du eine?«

Farah rümpfte nur die Nase. Sie mochte keine Süßigkeiten, nicht einmal die süßen Spezialitäten aus Bangladesch, auf die alle anderen Familienmitglieder ganz wild waren. Sie sah sich selbst ein bisschen als Rebellin, zumindest sofern es Süßspeisen betraf.

»Willst du denn nichts von den leckeren Sachen probieren, die Mom gemacht hat? Oder ein bisschen mit Essie und Alex reden?«, fragte Farah ihren kleinen Bruder. Im Umgang mit Ahmad war sie immer sehr vorsichtig.

»Er will einfach nur mit dir spielen, Farah«, meinte Essie, ihre Freundin, die hinter ihr auf dem Sofa saß.

Farahs einziger anderer Freund Alex hatte in einem der Sessel Platz genommen, las ein Buch und fuhr sich gelegentlich mit der Hand durch das dichte lockige Haar. Nachdem er leise grüßend das Wohnzimmer betreten hatte, hatte er zu niemandem mehr ein Wort gesagt. Er war zwar noch nie sehr gesprächig gewesen, doch dieses teilnahmslose Verhalten kam Farah seltsam vor.

Farah hatte Essie und Alex schon seit Monaten nicht mehr gesehen. Es fühlte sich ein bisschen an, als sei ihre Freundschaft … nein, nicht wirklich beschädigt oder nicht mehr zu reparieren, sondern einfach etwas weniger eng.

»Lass uns noch mal spielen«, schlug Ahmad vor. »Dieses Mal bekommst du die guten Murmeln.«

Farah lächelte ihm zu. Ahmad war erst sieben, das musste sie sich immer wieder ins Gedächtnis rufen, wenn sie von ihm genervt war. Nicht nur sie hatte durch den Umzug von

Queens auf die *Upper East Side* Freunde verloren, sondern auch er, und aufgrund seiner Probleme fiel es Ahmad wesentlich schwerer, neue Freunde zu finden. Sogar an ihrem eigenen Geburtstag, wenn sie eigentlich lieber etwas anderes getan hätte, als mit ihrem kleinen Bruder zu spielen, konnte sie seinem Zahnlückenlächeln nicht widerstehen.

»Okay, noch eine einzige Runde«, sagte sie und zeichnete mit Kreide einen Kreis auf den Fußboden.

Ahmad legte die Murmeln zurecht. »Ich fange an.«

»Ist klar.«

Er schnippte seine Lieblingsmurmel an, die Katzenaugenmurmel, und sie stieß gegen die anderen und schob sie auseinander. Drei Murmeln rollten aus dem Kreidekreis und eine knallte gegen einen Schuh.

Tante Zohras Schuh.

Die Tante blieb eine Weile vor den beiden auf dem Fußboden sitzenden Kindern stehen. Dann hob sie die Schachtel mit den *Chenna Murki* auf und nahm sich ein paar der süßen Kugeln.

»Meine Käsemurmeln!«, kreischte Ahmad und sprang auf, um seiner Tante die Schachtel zu entreißen.

Tante Zohra verzog ihre schmalen Lippen zu einem Lächeln. Sie war sehr groß und so dünn wie ein Zaunpfahl. Der *Salwar Kamiz*, den sie trug, hatte keine Stickereien oder Verzierungen, anders als der himmelblaue von Farah, der an den Säumen und den langen Ärmeln mit blitzenden kleinen Spiegeln besetzt war. Tante Zohra gab Ahmad die Schachtel zurück und er schaufelte sich gierig noch mehr von den süßen Dingern in den Mund.

»Warum gehst du nicht zu deinen Gästen, Farah?«, fragte die Tante.

»Ich würde ja gern, aber …«, erwiderte Farah.

»Ich gewinne, Zohra *Masi*«, erklärte Ahmad.

»Ahmad«, sagte Tante Zohra sanft, »ich will mit dem Geburtstagskind feiern und das wollen auch die anderen Gäste. Farah darf ihren Besuch nicht warten lassen.«

Dafür, dass sie nur so selten zu ihnen kam, konnte Tante Zohra gut mit Ahmad umgehen. Und doch schien sie in Gedanken immer woanders zu sein, wenn sie bei Farahs Familie vorbeischaute.

»Es sind nicht wirklich *meine* Gäste«, meinte Farah. »Das meiste sind Tanten oder Kinder aus meiner neuen Klasse. Ich würde lieber hierbleiben.« Farah dachte, dass Tante Zohra sie vielleicht verstehen konnte, zumal diese auch nicht sehr gesellig war.

Wieder lächelte Tante Zohra. »Ja, aber es ist dein Geburtstag und du solltest Spaß haben. Mein Geschenk für dich wartet oben, wir können es später aufmachen. Ich denke mal, dass es dir gefallen wird.«

»Ist das Geschenk in deinem Zimmer, Zohra *Masi*? Darf

ich es holen? Darf ich es aufmachen?« Ahmad versuchte Farah gegen das Schienbein zu treten, doch dank ihrer jahrelangen Erfahrung wich sie ihm geschickt aus. Ahmads Tobsuchtsanfälle waren für sie nichts Neues. Und damit sie gar nicht erst auftraten, bekam Ahmad von Baba und Ma an Farahs Geburtstag ebenfalls Geschenke.

Er ballte seine Fäuste und schrie: »Bitte, bitte! Lass mich es aufmachen, Farah *Apu*!« Wenn er so aufgeregt war wie jetzt, kniff er seine Augen zu schmalen Schlitzen zusammen, so als ob er sich mit aller Kraft etwas wünschte oder aber sich selbst wegzaubern wollte.

Ungefähr eine Sekunde lang dachte Farah, dass sie es eigentlich gar nicht so schlimm fände, wenn er für immer verschwand.

Andererseits war er ihr kleiner Bruder und sie würde ihn trotz allem schrecklich vermissen.

»Es ist ein Geschenk für mich, weil ich heute Geburtstag habe. Du hast dein Geschenk doch schon bekommen. Die schönen bunten Murmeln«, sagte Farah. Sie wusste, dass sich Ahmad aufgrund seiner ADHS oft nicht unter Kontrolle hatte. Baba sagte, dass Ahmad dann von seinen übermächtigen Gefühlen überwältigt wurde, dass er sich in ihnen wie in einem Irrgarten verlor und dass Farah geduldig darauf warten müsse, bis ihr kleiner Bruder von sich aus wieder aus diesem Irrgarten herausfand.

Jetzt war Baba im Esszimmer und unterhielt sich dort mit Onkel Musafir über die neuen Büroräume, in die er bald mit seiner Softwarefirma umziehen würde. Er brauchte sich im Augenblick nicht mit Ahmad und mit den Irrgärten in dessen Kopf zu befassen.

»Ahmad, ich will dir etwas zeigen«, sagte Tante Zohra und hob ihre schlanke Hand, um die Aufmerksamkeit ihres Neffen auf den Puzzlering an ihrem Finger zu lenken.

Ahmad bekam große Augen. Noch nie hatte er mit einem solchen Ring spielen dürfen. Der Puzzlering bestand aus mehreren schmalen Ringen, die so geformt waren, dass sie vorne ein schönes Flechtmuster bildeten – sofern man sie richtig zusammensteckte. Tante Zohra zwinkerte Farah über Ahmads Kopf hinweg zu.

»Warte! Zuerst meine Murmeln!« Ahmad flitzte zwischen den Möbeln herum, um seine geliebten Murmeln einzusammeln, und Tante Zohra half ihm dabei.

Farah war so erleichtert, dass sie sich fast ein bisschen dafür schämte.

Tante Zohra lockte Ahmad in Richtung Küche, wo Ma gerade ziemlich viel zu tun hatte. Durch die Durchreiche sah Farah, wie ihre Mutter abwechselnd in den vielen Töpfen mit köchelnden Soßen, Reis und Currygerichten rührte und dann wieder duftende Gewürze über die Speisen streute.

Die Wohnungstür ging ständig auf und zu und immer mehr Kinder aus Farahs neuer Schule kamen herein. Die meisten von ihnen wurden von ihren Müttern begleitet, einige auch von Kindermädchen, die noch ein kleines Geschwisterchen mit dabeihatten und sich nach einer Ecke umschauten, in der sie die dicke Wickeltasche abstellen konnten. Alle winkten Farah zu und sagten irgendetwas Nettes, Unpersönliches.

Farah wusste, dass sie eigentlich zu ihren Gästen gehen und sie begrüßen sollte. Das war das Benehmen, das von einem braven bengalischen Mädchen erwartet wurde. Doch die meisten eingeladenen Kinder kannte Farah kaum. Gerade an ihrem Geburtstag hatte sie keine Lust auf oberflächliches Gerede mit Leuten, die nicht wirklich ihre Freunde waren. Vor allem hatte sie keine Lust darauf, sich auf Gespräche über ihren *Hijab* einzulassen, den leichten Seidenschal, den sie um den Kopf gewunden trug. In ihrer alten Schule war der Schal nie ein Thema, dort war sie nicht die einzige *Hijabi* gewesen. Jeder hatte gewusst, wie man den Schal richtig nennt, und niemand hatte daran gezogen oder sie gefragt, wie ihr Haar darunter aussah oder ob sie überhaupt Haare hatte. In ihrer neuen Klasse mitten in Manhattan aber war sie das einzige Mädchen, das seinen Kopf bedeckte.

Farah setzte sich auf das Sofa neben Essie, die sich die

ganze Zeit über mit einem Spiel auf ihrem Smartphone beschäftigt hatte. Noch letztes Jahr wäre Farah sofort etwas Lustiges eingefallen, das sie zusammen hätten unternehmen können, aber heute fühlte sie sich irgendwie unsicher. Sollte sie Monopoly vorschlagen? Früher hatten sie stundenlang irgendwelche Brettspiele gespielt, doch jetzt kam ihr die Idee kindisch vor. Was, wenn ihre Freunde keinen Spaß mehr an diesen Spielen hatten? Sollte sie Essie und Alex fragen, wie es in der Schule so lief? Oder würde sie das nur daran erinnern, dass sie nicht mehr in die alte Schule ging? Und außerdem redeten Kinder sowieso nicht gern über die Schule.

Mitten in Farahs Grübeleien hinein sagte Essie: »Lass uns was zusammen machen … mir ist langweilig.«

»Mir auch«, gab Farah zu und fühlte sich gleich darauf schrecklich, weil ihre Freunde sich auf ihrer Feier langweilten.

Alex schaute von seinem Buch auf. »Wir könnten ein paar von deinen Geschenken auspacken«, schlug er vor. »Vielleicht hast du ja irgendetwas Cooles bekommen?«

»Ich glaube, meine Mutter will nicht, dass ich die Geschenke jetzt schon auspacke. Es wäre unhöflich, vor den Gästen damit anzugeben.«

»Was hat dir deine Tante überhaupt mitgebracht? Hat sie nicht gesagt, ihr Geschenk wäre oben?«, fragte Essie.

Farah musste an die Geschenke denken, die sie im Laufe der Jahre von ihrer Tante bekommen hatte: ein Satz bunter Obstmesser, »damit Farah die Farben lernt«, Anziehsachen in falschen Größen und mit seltsamen, hässlichen Mustern, die aus Dhaka, der Hauptstadt von Bangladesch, stammten. Die Art von Geschenken, die man eher von einer zerstreuten alten Dame erwarten würde.

»Ich nehme an, dass das Geschenk nicht besonders aufregend ist«, sagte Farah, »aber wir können ja trotzdem mal nachsehen.«

Farah, Alex und Essie gingen nach oben, nachdem sie zwei Teller mit Samosas, frittierten Gemüse-Pakoras und klebrigen Süßigkeiten gefüllt hatten. Farah ging auf der Treppe vor, Essie folgte ihr mit den übervollen Tellern und Alex kam als Letzter und schaute immer wieder über die Schulter, um sich zu vergewissern, dass niemand ihre Flucht bemerkte.

Farahs Tante war in einem der Gästezimmer untergebracht, und als sie die Tür öffneten und hineingingen, entdeckten sie dort Ahmad, der auf dem Bett saß und ein rechteckiges, in braunes Papier eingewickeltes Päckchen in der Hand hielt.

»Das ist mein Geschenk!«, rief Farah und riss es ihm aus der Hand. »Wie bist du bloß Tante Zohra entwischt?« Doch eigentlich konnte sich Farah die Frage selbst beantworten:

Ahmad war ein Meister darin, unbemerkt zu entkommen. Das war einer der Gründe, warum Farah immer sehr gut auf ihn aufpasste, wenn sie das Haus verließen.

Ahmad begann, auf dem Bett wie auf einem Trampolin zu hüpfen. »Mach es auf! Mach es auf!«

Farah hatte keine Ahnung, was sich unter dem braunen Papier verbarg, und doch war ihr, als spüre sie etwas Besonderes, als läge plötzlich ein Duft in der Luft, der so angenehm und überwältigend war wie der Geruch in der Küche, wenn ihre Mutter kochte. Ihre Neugier wuchs, während sie den rechteckigen Gegenstand auspackte und dabei ständig Ahmads kleine Hände abwehrte. Bald kam eine Ecke aus poliertem Holz zum Vorschein.

Dann hatte Farah endlich das ganze Geschenk freigelegt. Sie hielt es gegen das Licht und Ahmad schaute ihr über die Schulter.

Es war ein Spiel, allem Anschein nach ein Brettspiel. Die Schachtel, in der sich das Spiel befand, sah aus wie eine normale Schachtel für Brettspiele, war aber sehr schwer und stabil und mit Schnitzereien verziert: Paläste mit vielen Kuppeln waren zu sehen, Türmchen und Bögen, eine furchterregende Spinne mit grauenhaft realistisch wirkenden Mundwerkzeugen, eine Eidechse mit elegant gewundenem Schwanz, ein Minarett und eine Sanduhr. In der Mitte des Deckels stand in großen Buchstaben: *PAHELI.*

Essie staunte.

»Wow!«, sagte Alex leise.

Ahmad hüpfte aufgeregt auf dem Bett herum. »Ich will es haben, Farah *Apu*! Ich will es haben!«, krähte er.

»Was ist das?«, fragte Essie fasziniert.

Farahs Hand schwebte über dem geschnitzten Deckel, als zögere sie, ihn zu berühren. »Ich … ich habe keine Ahnung.«

Noch bevor sie den Satz beendet hatte, begann die Schachtel zu vibrieren.

2

Es war eigenartig. Die Schachtel bebte wieder und wieder, rhythmisch, wie … wie ein schlagendes Herz.

Ja, tatsächlich wie ein schlagendes, lebendiges Herz! Ein äußerst beunruhigendes Gefühl.

Farah betrachtete die Schachtel genauer und bemerkte jetzt erst, dass sie voller Flecken war, die an Ölflecken erinnerten.

Oder … war das wirklich Öl? Dafür waren die Flecken etwas zu dunkel und liefen an den Rändern rötlich aus. Konnten das … Blutflecken sein?

»Ich will spielen!«, quengelte Ahmad und zupfte Farah am Ärmel. »Farah *Apu*, lass uns endlich spielen!«

»Warte mal eine Minute, ja?«, erwiderte Farah. Das Herz klopfte ihr bis zum Hals.

»Warum guckst du so komisch?«, fragte Essie.

Farah drehte sich zu ihren Freunden um. Alex erwiderte ruhig ihren Blick, doch die leicht zusammengezogenen Brauen verrieten, dass auch er neugierig geworden war. Essie hatte den Kopf zur Seite geneigt, sodass die roten Locken ihr über die Schulter fielen.

»Die Schachtel … äh … sie bewegt sich.«

»Was?«, fragte Alex.

»Sie vibriert. Wie ein leichtes Erdbeben. Oder wie ein Herzschlag.«

»Wie ein Herzschlag?«, wiederholte Essie verwundert.

Farah reichte ihr das Spiel.

Eine Sekunde verging, dann noch eine …

Essie riss die Augen auf und setzte sich kerzengerade hin. »Was ist das?«

»Merkst du es auch?«, rief Farah erleichtert aus. Sie hatte es sich also nicht eingebildet. Mit der schweren Holzschachtel stimmte etwas nicht.

Essie gab die Schachtel an Alex weiter.

Wieder verging eine Sekunde, dann noch eine …

Nun war es Alex, der erschrocken die Augen aufriss.

»Jetzt bin ich dran!« Ahmad versuchte, sich zwischen sie zu drängen, doch Essie streckte einen Arm aus und hielt ihn zurück.

»Tut mir leid, Ahmad, aber das ist nur was für Große«, sagte sie und sah Farah vielsagend an.

»Ich bin groß! Ich bin sieben ein Viertel!« Ahmad schob die Unterlippe vor und verzog das Gesicht.

»Bitte, Ahmad, nicht jetzt!«, entgegnete Farah. Mit gerunzelter Stirn tastete sie die bebende Holzschachtel ab.

Ein Herzschlag … noch einer …

Mit seinem ganzen Körpergewicht warf sich Ahmad gegen Essies ausgestreckten Arm.

»Ahmad!«, schrie Farah, aber es war schon zu spät: Er hatte ihr bereits die Holzschachtel aus den Händen gerissen.

»Hab dich!«, rief Essie und bekam Ahmads Schienbein zu fassen. Wütend trat und schlug Ahmad nach ihr und ließ dabei das Spiel fallen.

»Ihr *dürft* nicht ohne mich spielen!«, kreischte er.

»Wir spielen nachher wieder zusammen mit den Murmeln«, versuchte Farah ihn zu beruhigen.

Ahmad sah sie böse an und streckte ihr die Zunge raus.

Farah hasste es, ihm etwas verweigern zu müssen, besonders wenn andere Leute dabei waren. Seine braunen Augen standen schon voller Tränen.

»Heute darf ich mal mit meinen Freunden spielen, weil es mein Geburtstag ist, okay?«, sagte sie.

»Das ist nicht fair! Ich habe gar keine Freunde!«, protestierte Ahmad.

»Ich spiele nachher wieder mit dir«, versprach Farah.

Ahmad war vor Wut rot im Gesicht und Tränen liefen ihm über die Wangen. Er rannte aus dem Zimmer und schlug die Tür hinter sich zu.

»Sei doch nicht so ein schlechter Verlierer!«, rief Essie ihm nach. Farah warf ihr einen vorwurfsvollen Blick zu.

»Was?«, fragte Essie.

»Lasst uns vorsichtshalber in mein Zimmer gehen«, meinte Farah. Sie hob das Spiel auf und lief zur Tür.

»Schicke Wohnung«, sagte Alex, als sie durch den Flur zu Farahs Zimmer gingen. Die neue Wohnung war tatsächlich sehr schön, das fand Farah auch.

»Danke«, murmelte sie verlegen.

Sie hatte nicht hierherziehen wollen, so schön es auch war. Ihr kam die Wohnung viel zu groß und leer vor, sie fühlte sich einsam hier. Ihr früheres Zuhause in Queens war vielleicht nur halb so groß gewesen, doch Farah hatte sich nie beengt gefühlt. Es hatte genau die richtige Größe gehabt. Auf der Upper East Side aber galt eine Wohnung erst dann als groß genug, wenn sogar die Teelöffel in der Besteckschublade genügend Bewegungsfreiheit hatten – sofern Teelöffel überhaupt Bewegungsfreiheit brauchten.

Essie und Alex folgten ihr in ihr Zimmer und schlossen hinter sich die Tür.

»Wahrscheinlich verpetzt uns Ahmad gerade, weil er sauer ist, und erzählt meiner Mutter, dass wir jetzt hier oben sind. Spielen wir also schnell eine Runde und danach mache ich wieder irgendetwas mit ihm.« Farah öffnete die Schachtel und breitete die darin enthaltenen Brettspielelemente auf dem Fußboden vor ihrem Bett aus. Sie waren ziemlich außergewöhnlich und offenbar sehr alt. Es gab ein Spielbrett, das mit goldenen Symbolen verziert war: mit Löwen, Spinnen, Kamelen, sowie einigen Figuren, die bis zur Unkenntlichkeit ausgebleicht waren. Dann gab es noch schätzungsweise hundert bunt schillernde Würfel, ein Miniatursteg aus Holz, unförmige Steine aus buntem Glas, vier Spielfiguren aus Ton und prall gefüllte Jutesäckchen, die Alex nun in der Hand wog.

»Sie sind schwer«, sagte er.

Essie nahm ihm eines ab. »Stimmt«, bestätigte sie, löste die Schnur, mit dem das Säckchen oben zusammengebunden war, und schaute hinein. »Es ist voller Sand!«

»Seltsam.« Alex spielte mit den schlichten Spielfiguren herum, die ungefähr so groß wie Schachfiguren waren. »Warum haben die hier keine Gesichter?«

»Keine Ahnung«, erwiderte Farah. »Ich habe noch nie so ein Spiel gesehen.«

»Fühlt mal, wie glatt diese Glassteine sind«, bemerkte Essie.

Farah löste eine Holztafel aus ihrer Verankerung in der Schachtel und hielt sie so, dass ihre Freunde mitlesen konnten. Die Buchstaben waren golden, genau wie die Figuren auf dem Spielbrett, glänzten aber stärker. Wenn man länger auf die Tafel schaute, kam es einem so vor, als würden sich die Buchstaben darauf bewegen und von allein zu Wörtern zusammenfügen. Schließlich entstand ein ganzer Text und Farah las ihn laut vor:

»Spielanleitung:
Alle Spielfiguren werden in der Mitte des Spielbretts aufgestellt.
Der Sand wird in den vier Ecken angehäuft.
Ein Mitspieler sagt: ›Wir sind bereit.‹
Sobald das Spiel begonnen hat, werden die Regeln offenbart.
Das Unsichtbare wird sichtbar werden.«

Das Unsichtbare. Verwundert drehte Farah die Holztafel um, aber die Rückseite war leer.

»Jetzt wissen wir auch nicht mehr«, stellte Alex fest. »Wie spielt man es denn nun?«

»Ich weiß es nicht«, gab Farah zu.

Essie hatte schon damit angefangen, in der Mitte des Spielbretts die Figuren und Steine aufzustellen. »Schauen wir doch einfach, was passiert, wenn wir alles so machen, wie es in der Spielanleitung steht«, meinte sie.

Farah spürte ein unangenehmes Kribbeln unter der Haut, ein sicheres Zeichen dafür, dass irgendetwas nicht stimmte.

Aberglaube war ein ebenso untrennbarer Teil von ihr wie ihre Nase und wurde in ihrer Familie seit Generationen weitervererbt. Als kleines Kind hatte sie auf dem Schoß ihrer zahlreichen Tanten gesessen und atemlos den unheimlichen Geschichten gelauscht, die diese über das *Ghayb* erzählt hatten, das Reich der Unsichtbaren. Zu diesen Unsichtbaren zählten auch die Dschinn, die keineswegs die netten hilfsbereiten Geister aus den Disney-Filmen waren, sondern boshafte oder sogar bösartige, rachsüchtige Wesen.

In einer der Geschichten war es um eine Frau gegangen, die eine schwere Last nach Hause tragen musste und dabei aus Versehen auf einen unsichtbaren Dschinn getreten war, der mitten auf dem Weg gelegen hatte. Dabei brach sie ihm einen Zeh und der Dschinn rächte sich, indem er ihr *sämtliche* Zehen brach. In einer anderen Geschichte hatte sich ein Mann mit einer Frau angefreundet, ohne zu ahnen, dass sie in Wirklichkeit ein Dschinn war. Als der Mann eine andere Frau heiraten wollte, in die er seit seiner Kindheit verliebt war, griff der Dschinn beide an und prügelte sie beinahe zu Tode.

Ein kalter Schauer lief Farah über den Rücken wie eine Ermahnung: *Sei vorsichtig!*

»Ich glaube, wir lassen das jetzt lieber«, sagte sie und schob das Spielbrett weg.

Essie und Alex sahen sie verwundert an.

»Wirklich?«, fragte Essie. »Wir haben es doch noch nicht mal fertig aufgebaut.«

Alex studierte immer noch das Spielbrett. »Die Anleitung ergibt keinen Sinn«, meinte er, »aber warum probieren wir es nicht einfach aus?«

»Ich glaube, ich habe noch nie mit einem so alten Spiel gespielt«, sagte Essie beschwörend. Sie hörte sich so ähnlich an wie Farah, wenn sie Ahmad von irgendetwas überzeugen wollte.

»Aber *so* alt kann es gar nicht sein«, stellte Alex fest. »Die Anleitung ist in ganz normaler, moderner Sprache geschrieben.«

»Ich versteh es ja selbst nicht.« Farah wusste nicht, wie sie ihr unbestimmtes Gefühl erklären sollte. »Ich habe einfach so eine Ahnung.«

Essie legte ihr eine Hand auf den Arm. »Hey«, sagte sie, für ihre Verhältnisse überraschend sanft. »Vielleicht macht es ja Spaß. Außerdem ist es schöner, hier zu spielen, als unten zu sitzen.«

»Ich … ja, ich weiß.« Farah war klar, dass ihre Freunde dieser Versuchung nur schwer widerstehen konnten. Alex begeisterte sich für Geschichte und würde sicher nur zu gern herausfinden, woher und aus welcher Zeit das Spiel stammte. Und Essie liebte Abenteuer und war bestimmt ganz gespannt, was das Spiel für sie alles bereithielt. Eines schien Farah jetzt schon sicher: Langweilen würden sie sich damit auf keinen Fall.

»Komm schon, Farah. Willst du nicht sehen, was passiert, wenn wir es spielen?«

Angesichts von Essies erwartungsvollem Blick und der Unbefangenheit, mit der Alex mit den kleinen Würfeln herumspielte, kamen Farah ihre Befürchtungen albern vor. Seufzend setzte sie sich gerade hin und nickte. »Okay. Aber wenn irgendetwas Komisches passiert, packen wir alles wieder weg und ich gebe es meiner Tante zurück.«

»Ja!« Alex strahlte sie an.

»Super!« Essie drückte Farahs Arm und griff nach den Sandsäckchen. »Und los geht's!«

Sie stellten das Spiel so auf, wie die Anleitung es vorschrieb.

Als alles bereit war, wusste Farah nicht, ob sie nun erleichtert oder enttäuscht sein sollte. »Tja, Leute, es passiert gar nichts.«

»Wir haben vergessen, den Satz zu sagen«, bemerkte Essie. Sie griff nach der Holztafel und sagte laut: »Wir sind bereit!«

Das Spielbrett geriet in Bewegung. Jetzt war es kein

leichtes Vibrieren mehr wie von einem Herzschlag, sondern ein heftiges Wackeln wie bei einem mittleren Erdbeben.

Essie ließ die Holztafel fallen.

Alex rückte von dem Spielbrett ab. »Was ist das denn?«

Die Mädchen wichen ebenfalls zurück und eng aneinandergedrängt sahen die drei zu, wie das Spielbrett anwuchs, bis es die Größe und Form eines Baumstumpfs erreicht hatte. Ein plötzlicher Windstoß zerrte an Farahs Schal, blies Essies lange Locken nach hinten und wirbelte die vier Sandhäufchen an den Spielbrettecken auf. Zwischen ihren halb zusammengekniffenen Augen beobachtete Farah verblüfft, wie die kleinen Würfel und Glassteine verschmolzen und zu einem lampionartigen Gebilde wurden, das wie eine der Lampen aussah, die Baba mal aus Marokko mitgebracht hatte.

Gleich darauf begann der Lampion zu leuchten, so als ob in seinem Inneren eine Kerze brennen würde.

3

Schließlich legte sich der Wind wieder und die drei saßen inmitten einer kleinen Sandwüste, die sich um das Spielbrett herum gebildet hatte. Essie und Alex hatten verwuschelte Haare, während bei Farah der Schal verrutscht war und Haarsträhnen und Haarnadeln darunter hervorschauten.

»Was ist denn jetzt passiert?«, fragte Farah und ihre Stimme klang fremd in ihren Ohren. Bestimmt würde gleich ihre Mutter angerannt kommen. Das gewaltige Beben in ihrem Zimmer konnte unten nicht unbemerkt geblieben sein. Farah war es sogar vorgekommen, als wäre mitten im Sandsturm ihre Zimmertür aufgegangen, doch als sie jetzt hinschaute, war die Tür geschlossen.

Plötzlich schrie Alex auf und kroch auf das Spielbrett zu.

»Alex, fass bloß nichts an!«, warnte ihn Essie.

Doch Alex hatte bereits die drei kleinen Spielfiguren in die Hand genommen und kroch nun wieder zu den Mädchen zurück.

»Ich glaub es nicht!«, flüsterte er.

Aus den kleinen tönernen Spielfiguren waren Puppen geworden, so groß wie Actionfiguren, die ihnen zum Verwechseln ähnlich sahen. Die Alex-Puppe hatte dicke Locken, milchkaffeebraune Haut und eine Brille auf der kleinen Nase. Die Essie-Puppe hatte lange rote Haare und stand mit leicht gespreizten Beinen und vor der Brust verschränkten Armen da, als warte sie nur darauf, den Kampf mit unsichtbaren Gegnern aufzunehmen. Farah nahm Alex vorsichtig ihre Figur aus der Hand. Die Farah-Puppe zeigte einen leicht verwirrten Gesichtsausdruck und trug einen über den Kopf und um den Hals gewundenen Schal.

»Das müssen Hologramme sein oder so etwas Ähnliches, oder?« Farah war die Vernünftigste der drei, diejenige, die immer nach einer logischen Erklärung suchte.

»Sie sind aber massiv«, entgegnete Alex, »keine Hologramme.«

Neugierig nahm Farah die Spielfigur in die Hand, die in der Schachtel liegen geblieben war, und ihr Verdacht wurde bestätigt. Sie war ebenso gesichtslos wie zuvor. Dann schaute sie sich wieder ihre eigene Figur an, die sich in ihre Miniaturdoppelgängerin verwandelt hatte.

Essie räusperte sich und strich sich das Haar aus dem Gesicht. Sie nahm Farah die beiden Spielfiguren aus der Hand und betrachtete sie von allen Seiten. Dann grinste sie. »Das ist das coolste Brettspiel, das ich je gesehen habe.«

»Findest du nicht …?«, begann Farah. »Ich meine, sollten wir nicht …?«

Was sie eigentlich meinte, war: *Sollten wir nicht Angst haben?*, denn sie selbst hatte Angst. Mitten in ihrem Zimmer stand ein riesengroßer Lampion. Ein Spielbrett war auf das Zehnfache seiner Größe angewachsen und ihre Spielfigur glich ihr plötzlich bis aufs Haar. Erneut fehlten ihr in Gegenwart ihrer engsten Freunde die Worte.

Alex spielte an seiner Brille herum. »Also, ich finde … das war wirklich seltsam, aber es ist doch auch cool. Es sind nicht dieselben Plastikdinger und Pappspielkarten wie sonst. Vermutlich gibt es dafür eine ganz vernünftige Erklärung.« Er drehte sich zu Farah um. »Deine Tante hat es dir geschenkt, also kann es nicht gefährlich sein, oder?«

Farah griff sich an die Nase, mit derselben Bewegung wie ihr Vater, wenn ein Verwandter verkündete, er würde das Fastenbrechen am Ende des Ramadan doch nicht mit dem Rest der Familie zusammen feiern.

»Meinetwegen«, sagte sie. »Aber wenn mein Bruder hier reinkommt, hören wir sofort auf. Ich möchte nicht, dass er auch nur in die Nähe von diesem Zeug kommt.«

»Abgemacht!«, riefen Essie und Alex gleichzeitig.

Langsam krochen alle drei auf den leuchtenden Riesenlampion zu.

Alex spähte durch eines der mit Metall eingefassten bunten Fenster hinein. »Schaut nur! Da drin sind ganze Paläste und sogar eine Zahnradbahn.«

»Eine was?«, fragte Farah und zog eine Augenbraue nach oben.

»Ich bin letztes Jahr mit so einer gefahren, als wir in der Schweiz waren«, erklärte Alex. »Komm, sieh selbst!«

Farah beugte sich vor, blickte ebenfalls durch eines der vielen kleinen Fenster und sah eine Vielzahl von Palästen. Ihr Anblick erinnerte sie an den letzten Familienurlaub, als sie in Rajasthan, einem indischen Bundesstaat, gewesen waren, in dem es eine Wüste gab, aber eben auch eine Menge solcher Paläste mit zierlichen Türmchen, Bögen und anderen Verzierungen.

»Wie schön!«, rief sie. »In der Mitte steht ein Minarett und es leuchtet sogar.«

»Was sollen wir denn jetzt tun?«, überlegte Essie.

»Hey, Leute«, meinte Alex plötzlich. »Der Text auf der Tafel hat sich verändert.«

»Was steht denn jetzt darauf?«, fragte Farah.

Alex räusperte sich und las dann vor:

»Der Architekt heißt euch willkommen. Euer Auftrag lautet: Zerstört die Stadt Paheli!
Warnung: Euer Team muss jede Herausforderung meistern, die sich ihm stellt. Der Austragungsort einer jeden Herausforderung löst sich in Sand auf, sobald ihr die Aufgabe erfüllt habt. Seid ihr bereit?
Nehmt eure Spielfiguren und stellt sie auf das Brett. Jeder wiederholt laut die Worte: Ich bin bereit.«

»Paheli«, wiederholte Farah nachdenklich. Sie erinnerte sich daran, das Wort auf dem Cover einer der Bollywood-DVDs gelesen zu haben, die sich ihre Mutter manchmal im *Halal*-Supermarkt auslieh. *»Paheli bedeutet Rätsel«*, hatte ihre Mutter damals gesagt. *»Eine Frage, die beantwortet werden muss.«*

»Interessant.« Essie nahm Alex die Tafel ab. »Aber was passiert, wenn wir eine Herausforderung nicht meistern?«

»Davon steht hier nichts«, erwiderte Alex.

Jetzt schnappte sich Farah die Tafel und drehte sie um, in der Hoffnung, auf der Rückseite mehr Informationen zu finden. In diesem Moment hörte sie aus der Ecke neben ihrem Kleiderschrank ein Geräusch … oder genauer: das eilige Tapsen kleiner Füße.

»Ahmad!«, rief Farah genervt. »Was hast du hier drinnen verloren?«

»Ich bin bereit!«, krähte Ahmad. Mit einem Satz war er bei ihnen und schnappte sich die gesichtslose Spielfigur. Oder besser: die *bisher* gesichtslose Spielfigur. Farah sah, wie sie sich in Ahmads Hand verwandelte.

»Ahmad … nein!« Obwohl sich ihr bei dem Anblick der Magen umdrehte, bemühte sie sich, ruhig zu bleiben, um Ahmad nicht noch mehr anzuspornen.

Sie versuchte, ihn an sich zu ziehen, doch er wich aus und wiederholte lachend: »Ich bin bereit!« Dann sprang er mitten auf das Spielbrett.

Kaum war er darauf gelandet – war er auch schon verschwunden. Aus der Spitze des Minaretts flogen Funken und ein lautes *Buuum!* hallte im Raum wider.

Fassungslos starrte Farah auf die Stelle, an der ihr kleiner Bruder gerade eben noch gestanden hatte, und dann auf die neue Mitteilung auf der Holztafel in ihrer Hand:

DAS SPIEL HAT BEGONNEN.

4

Die vierte Spielfigur stand genau an der Stelle des Spielbretts, wohin Ahmad kurz zuvor gesprungen war. Auch diese Figur hatte sich verändert und sah nun wie ein kleiner, niedlicher, etwas trotziger Doppelgänger von Ahmad aus.

»Ahmad?«, rief Farah mit unsicherer, hoher Stimme.

Sie starrte auf die Holztafel, als könnte sie irgendeine Information enthalten, einen Hinweis darauf, wo ihr kleiner Bruder jetzt war. Aber da war nichts. Kein Neustart-Knopf, keine Notfallnummer, keine Anweisungen für den Fall, dass irgendein kleiner Bruder plötzlich verschwand. Die Mitteilung auf der Tafel war dieselbe geblieben:

DAS SPIEL HAT BEGONNEN.

Farah war wie erstarrt. Sie hörte das gedämpfte Klappern

von Töpfen, das aus der Küche heraufdrang, das Gemurmel von Erwachsenen, die Stimmen der anderen Kinder.

»Deine Tante hat dir dieses Geschenk gegeben«, sagte Alex.

Für Farah klang seine Stimme wie ein fernes Rauschen, so als tauche sie in tiefem Wasser, während er oben am Beckenrand stand. Ein Teil von ihr wusste, dass sie sich aus dieser Erstarrung lösen, dass sie etwas unternehmen musste.

»Wir müssen sie *sofort* holen«, sagte Essie.

Die beiden Mädchen standen auf, doch bevor sie aus dem Zimmer laufen konnten, bekam Alex Farahs Ärmel zu fassen. »Würde deine Mutter nicht merken, dass Ahmad nicht mehr bei uns ist?«

Ein dicker Kloß bildete sich in Farahs Hals.

Zum Glück beantwortete Essie an ihrer Stelle die Frage. »Nicht unbedingt, er könnte hier in Farahs Zimmer spielen oder … im Bad. Wir werden ihn so schnell zurückholen, dass sie gar nichts merkt.«

Noch bevor Farah nach der Türklinke greifen konnte, schwang die Tür nach innen auf. Mit weit aufgerissenen Augen, zitternden Händen und verrutschtem Schal stand Tante Zohra vor ihnen, der einzige Mensch, der ihnen jetzt helfen konnte. Sie packte Farah an den Schultern und blickte ihr fest ins Gesicht. »Geht es dir gut? Ich dachte, ich hätte einen Knall gehört.«

»Zohra *Masi*, irgendetwas ist mit Ahmad passiert«, sprudelte es aus Farah heraus. »Ich weiß nicht, was ich tun soll.«

Tante Zohra starrte über Farahs Kopf hinweg auf das Spielbrett am Fußboden und der Anblick verstärkte ihr Zittern. »Oh nein! Oh Gott, bitte nicht! Nein!«

Tante Zohra ließ Farah los und ging auf das Spiel zu. Bevor sie jedoch auf das Spielbrett treten konnte, gab es ein weiteres heftiges Beben und eine leuchtende Aura umgab plötzlich den riesigen Lampion. Tante Zohra wich zurück, zog hörbar die Luft ein und steckte sich die Fingerspitzen in den Mund, so als hätte sie sich verbrannt.

»Zohra *Masi*«, versuchte es Farah noch einmal. »Das Spiel … Paheli … wir wollten es spielen … Gerade eben war Ahmad noch da, dann war er plötzlich verschwunden.«

Tante Zohra wurde leichenblass.

Hektisch redete Farah weiter, um der Tante alles möglichst schnell zu erklären. »Ahmad muss sich irgendwo im Zimmer versteckt haben. Er wollte mitspielen und hat sich eine Spielfigur geschnappt … und dann war er weg.«

Er war weg. Dadurch, dass sie es aussprach, schien es wirklich zu werden. Wirklich und endgültig.

Tante Zohra schien verwirrt. »Nein … das Spiel … nein, nein, nein!«

Sie begann, im Zimmer auf und ab zu laufen. »Das Spiel war nicht für dich gedacht. Es hätte niemals geöffnet werden dürfen. Ich hatte für dich ein paar Bücher eingepackt …«

»Das Geschenk war nicht für mich?«

»Ich frage dich gar nicht erst, wie du es gefunden hast … Es geht seine eigenen Wege«, sagte Tante Zohra bitter. »Außerdem ist es dein zwölfter Geburtstag.« Sie blieb stehen. »Ich hätte niemals … nie im Leben … Das Spiel hat mein Leben zerstört. Ich wurde ausgestoßen, weil ich nicht alle Herausforderungen angenommen habe. Meinen Freund, der darin verloren gegangen ist, habe ich nicht wiederfinden können. Deshalb habe ich das Spiel behalten, obwohl ich es hasse. Ich wollte es ins Meer werfen, aber ich hatte Angst, dass es jemand finden würde, womöglich ein Kind, das unter dem Spiel zu leiden hätte. Und jetzt ist genau das passiert.«

Farah, Essie und Alex hörten starr vor Schreck zu.

»Es lockt Kinder an.« Tante Zohra streckte ihre Hand aus und entsetzt bemerkte Farah, dass die Fingerspitzen rot und entzündet aussahen, so als hätte ihre Tante einen heißen Topf angefasst.

»Aber was ist mit Ahmad?«, fragte Alex. »Das Spiel hat ihn verschlungen!«

»Wie lange ist das her?«, wollte Tante Zohra wissen.

»Nur ein paar Minuten«, sagte Essie.

»Gut. Das bedeutet, dass er nicht weit sein kann. Uns

bleibt nicht viel Zeit. Hört mir zu!« Tante Zohra zitterte immer noch und Tränen liefen ihr die Wangen herunter. Dennoch sprach sie mit fester Stimme: »Ihr müsst das Spiel spielen und die Herausforderungen annehmen und gewinnen. Ihr seid schlau, viel schlauer, als ich es in eurem Alter war. Dem Architekten wird es Spaß machen, gegen euch zu spielen. Ihr seid ebenbürtige Gegner und das wird ihn reizen, vor allem jetzt, nach all der Zeit. Nutzt diesen Vorteil aus, den ihr ihm gegenüber habt. Ihr seid ein starkes Team. Arbeitet zusammen und sucht zwischen den Herausforderungen nach Ahmad. Sobald ihr ihn gefunden habt, kommt ihr so schnell wie möglich zurück, bevor sich das Spiel wieder neu aufbauen kann. Versucht zu gewinnen und das Spiel zu zerstören – wenn ihr verliert, bleibt ihr auf ewig in ihm gefangen. Fangt sofort an, um Ahmads willen. Euch bleibt keine andere Wahl.«

5

Der riesige Lampion glitzerte verführerisch, als wolle er sie dazu einladen, mit der Hand über seine glatten Flächen zu streichen und durch seine Fenster das mehrstöckige Miniaturreich in seinem Inneren zu betrachten. Inmitten einer Wüstenlandschaft standen Paläste, die aussahen, als wären sie von puppengroßen königlichen Hoheiten bewohnt, von Sultanen, die auf den Seidenkissen goldener Throne saßen, mit wunderschönen Töchtern, die ihr langes schwarzes Haar mit Blüten schmückten.

Tante Zohras raue Stimme klang in Farahs Ohren. *Das Spiel hat mein Leben zerstört. Ich wurde ausgestoßen, weil ich nicht alle Herausforderungen angenommen habe. Meinen Freund, der darin verloren gegangen ist, habe ich nicht wiederfinden können.* Auf keinen Fall durfte das auch Ahmads Schicksal werden.

Farah ballte die Hände zu Fäusten und sprang auf. »Ich werde dieses Spiel spielen und Ahmad da rausholen. Ich muss es tun.«

Sie erwartete nicht, dass ihre Freunde mitkamen. Warum sollten sie? Farah hatte die beiden in letzter Zeit kaum noch gesehen, sie wusste schon gar nicht mehr, was sie mit ihnen reden sollte … Warum sollten sich die beiden für sie in Gefahr begeben? Sie waren nicht für Ahmad verantwortlich. Das war nur sie allein.

»Ich mache mit«, sagte Essie mit fester Stimme.

Alex schaute auf die Holztafel mit den Spielregeln, die auf seinen Knien lag. »Wir können doch jetzt nicht einfach aufhören, wir müssen das Spiel spielen!«

Farah spürte, wie ihr ein wenig leichter ums Herz wurde. »In Ordnung.« Sie nahm ihre Spielfigur in die Hand.

Essies Spielfigur stand auf der gegenüberliegenden Seite des Spielbretts. Essie hob sie auf und räusperte sich. »Äh … hallo? Wir wären jetzt bereit!«

»Ich glaube, wir können nicht einfach *irgendetwas* sagen, um anzufangen«, meinte Alex. »Wir müssen genau die Worte benutzen, die in der Anleitung vorgegeben sind.«

Nachdem sie sich vergewissert hatten, dass jeder seine eigene Spielfigur in der Hand hielt, stellten sich die drei auf das Spielbrett und Farah rief: »Wir sind bereit!«

Auf einmal drehte sich alles.

Farahs Magen drehte sich ebenfalls und es kam ihr vor, als sitze sie plötzlich in einer Achterbahn. Sie kniff die Augen zu, aus Angst, dass sie ihr aus dem Gesicht geschleudert werden könnten, konzentrierte sich auf ihre Atmung, auf das Ein- und Ausatmen, und schrie dennoch immer wieder auf, wenn sie das Gefühl hatte, endlos tief zu fallen oder aber himmelhoch aufzusteigen. Neben sich hörte sie ihre beiden Freunde schreien, doch das beruhigte sie nicht wirklich.

Bald darauf kratzte etwas an ihrer Haut: feine harte Sandkörner, die sich auf ihren Wimpern absetzten und zwischen ihren Zähnen knirschten.

Wie mochte Ahmad sich gefühlt haben, dachte Farah, als er so hin und her geworfen und herumgewirbelt wurde, und das alles inmitten dieses ohrenbetäubenden Rauschens? Der Gedanke an ihren kleinen Bruder schmerzte, doch gleichzeitig verstärkte er ihre Entschlossenheit.

Dann, auf einen Schlag, wurde es rings um sie herum ruhig und ein letztes Beben warf sie auf die Seite. Gleich darauf stürzten Essie und Alex stöhnend neben ihr zu Boden.

»Ist es endlich vorbei?«, krächzte Alex.

»Was ist passiert?«, fragte Essie.

Farah rieb sich die Augen und blinzelte, weil sie sich nicht sicher war, ob sie richtig sah. »Äh, Leute …«

»Was?«, sagten Essie und Alex gleichzeitig.

»Macht mal die Augen auf.«

Essie hob den Kopf und Alex tat es ihr nach und rückte seine Brille zurecht. Er rollte sich auf die Seite und wäre dabei fast von dem langen schmalen Steg gefallen, auf dem sie lagen.

»Wow!«, staunte er.

»Sei vorsichtig!«, rief Farah ihm zu.

Zwischen den Holzbrettern des Stegs sahen sie auf klares Wasser hinunter. Die Oberfläche war so glatt, dass sie sich darin spiegeln konnten. Sie sahen Farahs verwunderte Miene, Essies beunruhigten Blick und die Panik in Alex' Gesicht.

Seltsamerweise bewegte sich das Wasser überhaupt nicht und es fuhren keine Schiffe. Sie konnten auch nirgends die Sonne sehen. Dafür hörten sie Geräusche: Stimmen in der Ferne, die stritten, feilschten und sangen, und auch das Klappern von Wagenrädern auf hartem Pflaster und das Knallen von Türen. Die Stimmen klangen jedoch anders als in New York – einige, von Tamburinschlägen begleitete Rufe erinnerten Farah an einen Besuch in Bangladesch bei ihrer Großmutter. Sie konnten von einem Straßenverkäufer stammen oder von einem Ausrufer, der die Gläubigen zum Gebet rief oder zum Frühstück vor Sonnenaufgang am Morgen eines Ramadan-Tages.

Wohin hatte ihre eigentlich nur minutenlange Reise sie bloß geführt? Und, noch wichtiger: Wo steckte Ahmad?

»Farah, schau nur!« Essie packte Farah an der Schulter und drehte sie um. Der Steg, auf dem sie standen, ragte ins Meer hinein, doch auf der Landseite führte er unter einen großen, aus bunten Brokatstücken zusammengenähten Baldachin, unter dem hin und her schaukelnde Papierlaternen hingen. Weiter hinten waren Menschen, die Lasten, Bauchläden oder Tabletts voller Gläser trugen, Handwagen zogen oder um Verkaufsstände herumstanden.

»Ein Basar!«, sagte Farah.

»Es ist wunderschön!«, flüsterte Essie.

»Und wir sind offensichtlich weder in Kansas noch beim Zauberer von Oz«, stellte Alex trocken fest.

Essie schüttelte den Kopf. »Das ist einfach zu verrückt!«

»Klar, aber wir sind jetzt hier und Ahmad ist da irgendwo mittendrin.« Farah war selbst überrascht, dass der Anblick des Basars sie nicht beunruhigte, ganz im Gegenteil. Die vielen Leute, die ein bisschen so aussahen wie sie selbst, vor allem die Frauen in ihren langen eleganten Kleidern, die feine bunte Schals um Kopf und Schultern geschlungen hatten, vermittelten ihr den Eindruck, hierher zu gehören. Das Gefühl, an diesem unbekannten Ort nicht fremd zu sein, löste in ihr eine Welle der Erleichterung aus, die sich allmählich in ihrem ganzen Körper ausbreitete. Und das hielt auch noch an, als sie merkte, dass die Verkäufer ihre Stände dichtmachten, Fenster und Türen fest verschlossen und es eilig zu haben schienen, nach Hause zu kommen.

Die drei Freunde quetschten sich in die Menschenmenge hinein. Farah duckte sich unter dem Arm eines Straßenhändlers hindurch, der einen Karren voller vergoldeter Käfige vor sich herschob. In jedem Käfig saß ein einzelner roter Vogel, und wenn man ihm zunickte, trällerte er eine ganze Liste von absurden Rezeptzutaten vor sich hin. Farah konnte sich gut vorstellen, dass Ahmad hier irgendwo steckte, weil ihm das alles sicherlich sehr gut gefiel.

»Salz, Pfeffer, ein Ei des Vogels Roc und eine Träne eines geliebten Menschen!«

»Zwei Kartoffeln, frisch gepresstes Sesamöl und ein Dolch mit silberner Klinge!«

Passanten blieben stehen und hörten kopfschüttelnd zu oder aber sie nickten eifrig, kauften einen Vogel samt Käfig und eilten mit ihm davon. Farah wünschte, sie könnte herausfinden, was die Träne eines geliebten Menschen und ein Ei des Vogels Roc (was war das eigentlich für ein komischer Vogel?) in einem Rezept bewirken würden, doch ihre Freunde zogen sie weiter. Die drei hielten sich die ganze Zeit fest an den Händen, um von dem nun immer heftiger wehenden Wind nicht auseinandergerissen zu werden.

An einem anderen Stand wurden genau die Art von

Andenken verkauft, die Farahs Onkel und Tanten ihr gelegentlich von Mekkareisen mitbrachten: Spieldosen, in denen mechanische Grillen kleine Melodien zirpten, hübsch bemalte Fächer und Glaskugeln, in denen künstliche Goldfische schwammen. Allerdings sahen die Grillen hier für Farahs Geschmack ein wenig zu echt aus und die Goldfische starrten sie mit beinahe menschlichen Augen böse an, bis der Verkäufer seine Waren sorgsam mit Strohmatten abdeckte.

Die obersten Teppiche eines hohen, vor einer Wand aufgeschichteten Stapels flatterten an den Ecken, so als wollten sie gleich wegfliegen. Und die auf einem Stand aufgereihten Lampen sahen aus, als wären sie von Flaschengeistern bewohnt. Zwischen ihnen lagen aus Holz geschnitzte und bunt bemalte Birnen, Äpfel und Pflaumen.

Es war, als schöbe der Wind die drei Freunde immer tiefer in den Markt hinein. Sie gingen mit halb zusammengekniffenen Augen und Farah kam es vor, als würde der Sand in der Luft dichter und als würden gar nicht mehr einzelne Körner herumgewirbelt werden, als würden Hände nach ihr greifen und Körper sie grob anrempeln. Die anderen Leute beachteten die drei nicht, und dennoch fühlte sich Farah ständig, als werde sie beobachtet.

»Wir müssen versuchen, jemanden zu finden, der uns helfen kann«, sagte Alex.

Essie zupfte eine vorbeikommende Frau am Ärmel.

»Entschuldigen Sie bitte«, meinte sie höflich und zuckte erschrocken zurück, als die Frau sie mit einer energischen Handbewegung wegscheuchte. »Diese frechen Kinder sind so lästig wie die Sandstürme«, murmelte die Frau vor sich hin.

»Wow! Die war aber unfreundlich!«, sagte Essie.

»Lasst es uns bei jemand anderem versuchen«, meinte Farah. »Der Sandsturm wird immer schlimmer.«

Doch niemand schien den drei helfen zu wollen. Alle Leute eilten schweigend weiter oder riefen ihnen zu, sich vor dem Sandsturm in Sicherheit zu bringen. Die Sicht wurde zunehmend schlechter. Farah spürte den Sand inzwischen nicht nur zwischen den Zähnen, sondern auch im Hals, und ihr Schal wurde heftig nach hinten gezogen. Essies lange Locken wirbelten ihr vor dem Gesicht herum.

»Niemand will uns helfen. Was sollen wir jetzt bloß tun?«, rief Alex.

Plötzlich, als wäre sie durch diese Worte herbeigezaubert worden, stand eine Frau vor ihnen. Sie war in herrliche glitzernde Stoffe gekleidet und ein durchsichtiger bunter Schal verdeckte fast ihr ganzes Gesicht.

»Ob sie uns helfen kann?«, sagte Essie zu ihren beiden Freunden.

»Ja, das kann ich«, erwiderte die Frau. Ihre Stimme war

angenehm, doch Farah, der immer noch Tante Zohras Warnungen in den Ohren klangen, fand sie dennoch beunruhigend.

»Ich glaube, ich habe genau das, was ihr braucht«, sagte die Frau und die drei sahen einander überrascht an. Wusste diese Frau denn, dass sie nach Ahmad suchten? Die Frau drehte sich um und ging auf eine Tür zu. »Kommt, Kinder«, sagte sie, »der Sturm wird stärker, wir sollten reingehen.«

Farah, Essie und Alex sahen sich unschlüssig an, doch dann folgten sie der unbekannten Frau in das Haus.

6

Sie fanden sich in einer überraschend gemütlichen Teestube wieder. In dem Schaufenster zur Straßenseite standen Gläser mit getrockneten Blättern, schmutzige Tassen sowie ein einzelnes volles Tablett und mitten im Raum befand sich ein Tisch, an den sich die drei nun setzten. Alles war freundlich und bunt eingerichtet und dennoch gab es dunkle Ecken, die Farah unheimlich fand.

»Habt ihr das gesehen?«, fragte Essie und zeigte in eine dieser Ecken. »Es sah aus, als ob … äh … ich meine … Das kann doch nicht sein, oder?«

Die Frau hatte sich an einen Herd gestellt und rief zu ihnen hinüber: »Ach, das sind nur Eidechsen, meine Lieben. Sie tun euch nichts.« Ihre schmalen Schultern bebten, als ob sie lachte, während sie in verschiedenen Töpfen rührte. »Wir denken immer nur, dass in dunklen Ecken Ungeheuer lauern. Doch manchmal finden wir heraus, dass gerade diejenigen, die wir für Feinde hielten, in Wirklichkeit unsere Freunde sind.«

Hinter einem Türvorhang konnte Farah einen mit dicken Teppichen ausgelegten Flur mit vielen weiteren Türen erkennen. Das Haus schien wesentlich größer zu sein, als es von außen wirkte. Aber heute war sowieso alles ganz anders, als es zunächst den Anschein hatte.

Angesichts dessen, dass sie gerade in ein antikes Brettspiel hineingebeamt worden waren, hätte sie eigentlich gar nichts mehr überraschen dürfen – weder die seltsamen Waren, die in dem Basar feilgeboten wurden, noch diese rätselhafte Frau, die jetzt summend einen Wasserkessel auf ihren altmodischen Herd stellte.

Nichts von alledem war auch nur im Entferntesten normal.

»Nun«, sagte die Frau, als sie mit einem Silbertablett in der Hand auf sie zukam. »Ich nehme an, dass ihr viele Fragen habt, und ich habe auch viele Antworten. Aber zunächst sollten wir uns erst einmal einander vorstellen und ein Glas Tee trinken, findet ihr nicht auch?«

»Wir sind auf der Suche nach meinem Bruder«, begann Farah. »Haben Sie ihn gesehen?«

»Alles der Reihe nach«, antwortete die Frau und stellte vor jedem ein kleines Teeglas mit Goldrand ab. Essie beugte sich über ihres und schnupperte an dem davon aufsteigenden Duft, als Alex rief: »Oh, das ist Pfefferminztee, so wie ihn die Mutter von Salma aus der dritten Klasse immer für uns gekocht hat, erinnerst du dich noch, Farah?« Er nahm einen Schluck, kniff die Augen zusammen und seufzte: »Ah, der schmeckt gut!«

Farah zog eine Augenbraue hoch. Es sah Alex gar nicht ähnlich, so begeistert zu reagieren, zumal in der Gegenwart von fremden Leuten.

Noch dazu kam Farah diese Frau *besonders* fremd vor: Sie hatte bisher noch nicht einmal lange genug stillgestanden, dass sie ihr Gesicht hätten anschauen können. Andererseits war Alex mindestens so vernünftig und vorsichtig wie sie selbst und deshalb nahm Farah nun ihr Glas in die Hand und roch daran. Doch es enthielt nicht den grüngoldenen Tee, den Salmas Mutter ihnen immer gemacht hatte, sondern eine leicht sahnig und würzig duftende, mit ein paar Tropfen Milch versetzte Flüssigkeit.

»Chai!«, sagte Farah laut.

Im selben Moment nahm auch Essie einen Schluck aus ihrem Glas und stellte erstaunt fest: »Das ist ja der Ingwertee, den mir meine Mutter immer kocht, wenn ich erkältet bin. Woher wussten Sie das?«

»Der Teekessel weiß immer, was ein Gast braucht«, sagte die Frau, über ihre Schulter gewandt. »Er ist euer Freund

und ich bin es auch. Probiert mal meine Kekse. Ich backe sie jeden Morgen frisch. Da sind Datteln drin.«

Essie und Alex griffen sofort zu, während Farah mit geschlossenen Augen den Tee trank, der in ihr eine wahre Flut von Erinnerungen auslöste. Er schmeckte genau so wie der Chai, den ihre Mutter immer machte, anders als der mit Masala gewürzte Chai ihres Vaters oder Tante Zohras etwas wässrigere Variante. Als Farah heute Morgen den neuen *Salwar Kamiz* angezogen und ihr Haar zu einem Pferdeschwanz zusammengebunden hatte, über den dann der Schal kommen sollte, hatte ihre Mutter den Teekessel und eine Blechdose genommen und auch für Farah eine Tasse zubereitet. Normalerweise durfte Farah von dem Chai nur ein paar Schlucke aus der Tasse ihrer Mutter trinken.

»Ich sollte dir nicht allzu früh erlauben, dir das anzugewöhnen«, sagte sie, als sie Farah die volle Tasse hinstellte. »Du erinnerst dich sicher noch daran, dass deine Tanten im Scherz immer sagten, Chai sollte man erst nach der Hochzeit trinken, weil es dann nichts mehr ausmacht, wenn die Zähne vom Tee gelb werden. Aber eine Tasse davon an deinem Ehrentag wird dir schon nicht schaden!«

Farah hatte mit ihrer Mutter mitgelacht, den Chai genossen und gespürt, wie seine warme Süße sich in ihrem ganzen Körper ausbreitete, bis hinunter zu den Zehen. Der Tee der fremden Frau beschwor das Echo dieses Lachens nun wieder herauf, zusammen mit den vertrauten Bildern von ihrem Zuhause. Wie sehr wünschte Farah sich, in diesem Augenblick an ihrem Schreibtisch zu sitzen und nichts anderes befürchten zu müssen, als dass Ahmad sich unter genau diesem Tisch versteckt hatte und plötzlich laut kreischend darunter hervorhüpfte.

Aber auch wenn er hier und jetzt plötzlich schreiend aus einem Versteck hervorkommen würde, würde sie sich weder erschrecken, noch mit ihm schimpfen. Sie würde ihn einfach nur an sich drücken, bis er nach Luft japste.

»So, jetzt habt ihr etwas im Bauch und wir können uns mit den wichtigen Dingen beschäftigen«, sagte die Frau in Farahs Gedanken hinein, zog einen Hocker zu ihrem Tisch herüber und setzte sich darauf. Farah war überrascht, dass die Unbekannte nun die *Dupatta* zurückgeschoben hatte, die bisher ihr Gesicht halb verdeckte. Ein ganz normales rundliches und vom Dampf über dem Herd gerötetes Frauengesicht war zum Vorschein gekommen.

»Ich fange dann mal an«, verkündete die Frau gut gelaunt. »Ich heiße Madame Nasirah und bin die Wächterin des Spiels.«

Alex setzte sich auf. Er und Farah wechselten einen Blick, der wortlos besagte: *Jetzt geht es endlich weiter!*

»Dann stecken Sie hinter all dem?«, fragte Farah vorsichtig.

Es lockt Kinder an, hörte Farah wieder Tante Zohra sagen. *Ich wurde ausgestoßen, weil ich nicht alle Herausforderungen angenommen habe.*

Farahs Magen zog sich zusammen und sie schob das Teeglas weit von sich. Vielleicht war dies eine der Fallen, die das Spiel ihnen stellte: Sie wurden mit vertrauten Dingen in Sicherheit gewiegt, mit leckerem Tee und krümeligen Dattelkeksen – von der einzigen Person auf dem ganzen Basar, die auf ihre Bitte um Hilfe reagiert hatte. Sie nahm die Spieler in Empfang, würde jedoch später, wenn etwas schiefgelaufen war, leugnen, sie jemals gesehen zu haben. Und sie würde der einzige Mensch sein, der wusste, wo die drei gelandet waren.

Doch Madame Nasirah schüttelte den Kopf. »Aber nein, überhaupt nicht! Über so viel Macht verfüge ich nicht. Dieses Spiel ist das Spiel des Architekten. Meine Aufgabe besteht darin, die Kinder zu empfangen, die draußen auf dem Steg ankommen, und sie anzuleiten. Ich händige eurem Team alles aus, was ihr braucht, um das Spiel zu spielen. Dann wünsche ich euch viel Glück und beaufsichtige das Ganze aus der Ferne und ihr könnt dabei euren Spaß haben.«

Während sie sprach, war ihre Stimme immer höher geworden, sodass sie schließlich künstlich und in Farahs Ohren auch nicht sehr überzeugend klang. Sie dachte an ihre

Tante, an ihr blasses Gesicht und die Dringlichkeit, mit der sie versichert hatte, ihrer Nichte das Spiel auf keinen Fall mitgebracht zu haben. Farah war sich ziemlich sicher, dass sie hier nicht wirklich »Spaß haben« würden. Außerdem ging es ihnen um Wichtigeres …

»Das hier ist alles sehr aufregend«, plapperte Madame Nasirah weiter und goss sich selbst Tee ein. »Wisst ihr, es ist schon so lange her, seit ich das letzte Team angeleitet habe. Noch nie ist zwischen zwei Teams so viel Zeit vergangen!«

»Einen Moment, bitte«, unterbrach Farah ihren Redefluss. »Sie helfen doch den Kindern, also den Spielern … Haben Sie vielleicht auch meinen Bruder Ahmad gesehen?« Farah zögerte. Bei Vermisstenmeldungen musste immer genau beschrieben werden, was das vermisste Kind zuletzt angehabt hatte. Was hatte Ahmad heute getragen? Sie hatte nicht darauf geachtet. Alles, was ihr zu ihrem Bruder einfiel, waren die kleinen Dinge, die ihn ausmachten: sein verwuschelter Haarschopf, seine laute Stimme, sein aufgeregtes Herumhüpfen. »Er … er sieht ein bisschen so aus wie ich«, sagte sie schließlich. »Nur dass er ein Junge ist und jünger.«

»Jünger? Der Architekt lässt nur Zwölfjährige mitspielen.« Madame Nasirah dachte angestrengt nach, dann nickte sie plötzlich. »Ach ja, ich glaube, ich habe den Jungen gesehen. Er ist vor über einer Stunde vom Steg gekommen. Zunächst war ich überrascht, denn immer wenn ein neues

Team antritt, ist ziemlich viel los. Jeder, der gerade nicht allzu beschäftigt ist, beobachtet, wie die Maschinen alles verändern. Das ist ein fesselndes Schauspiel, zumal wir schon seit Langem kein neues Team mehr begrüßen konnten. Aber weil er noch so klein war, nahmen wir an, dass er gar kein Spieler war, sondern eines der Kinder, die auf der Straße spielen, und dass die Maschinen nur versehentlich angelaufen sind.«

»Vor über einer Stunde?«, platzte es aus Essie heraus, die ihre Aufmerksamkeit bis dahin vor allem den Dattelkeksen gewidmet hatte.

»Es tut mir leid, aber ich konnte nichts für ihn tun«, sagte Madame Nasirah. »Ich bin ausschließlich für diejenigen Kinder zuständig, die sich an die Regeln halten, die zusammen mit einem Team kommen und bereit sind, das Spiel zu spielen.«

»Aber er kennt die Regeln doch gar nicht. Er hatte überhaupt nicht vor, mitzuspielen!«

»Es tut mir leid, wirklich leid, aber ich konnte nichts machen. Er ist vom Basar weg und durch die Stadttore nach Paheli hineingegangen.«

Farah zuckte zusammen. Also war Ahmad gar nicht mehr hier im Basar? »Heißt das, dass diese Welt nicht nur aus dem Basar besteht? Dass er woanders hingelaufen ist?«, sagte sie aufgeregt.

»Wie groß ist das Ganze hier denn?«, fragte Alex beeindruckt.

»Na, ziemlich groß.« Madame Nasirah zog mit dem Finger einen Kreis um ein Häufchen von verschüttetem Zucker auf der Tischplatte. »Das Spiel fängt eigentlich erst an, wenn die Spieler die Stadt durch die Stadttore betreten haben. Ahmad hätte nicht in die Stadt laufen sollen, denn jetzt findet er von alleine nicht mehr heraus.«

Essie schnappte hörbar nach Luft, Alex lehnte sich auf seinem Stuhl zurück. Farah ließ Madame Nasirah nicht aus den Augen. Sie traute ihr ganz und gar nicht. Weder dieser Frau, noch dem Spiel. Was konnte das denn für ein Spiel sein, das einen erwachsenen Menschen davon abhielt, einem kleinen verirrten Jungen zu helfen, der niemanden hatte, der auf ihn aufpasste?

»Er findet nicht mehr heraus«, wiederholte Farah und beobachtete, wie Madame Nasirahs dunkle Augen ihrem Blick auswichen. »Nicht von alleine.«

»Du bist ein schlaues Mädchen, Liebes. Ja, genau darum geht es. Ein Team darf überall hingehen, wo Herausforderungen warten. Ein Team kann ihn finden, sofern es klug genug ist, dafür die Zeit zu nutzen, die ihm zwischen den Herausforderungen bleibt.«

Mit anderen Worten bedeutete das, dass nur Farah, Essie und Alex als Team ihren kleinen Bruder retten konnten.

»Was passiert, wenn ein Team eine Herausforderung nicht meistert?«, fragte Alex zögernd.

Madame Nasirah räusperte sich und tat so, als müsse sie etwas am Teekessel richten. Als sie endlich sprach, wagte sie nicht, den dreien in die Augen zu sehen. »Ihr müsstet für immer in der Stadt der tausend Türme bleiben.«

»Was soll das bedeuten?«, fragte Farah und spürte, wie ihr Herz immer lauter klopfte.

»Genau das, was ich gesagt habe. Wenn ihr bei einer Herausforderung verliert, bleibt ihr hier. So kamen die Bewohner von Paheli hierher. Sie haben gespielt und verloren. Zumindest gilt das für die meisten von uns.«

Ein kalter Schauer kroch Farah den Rücken hinunter. Alex starrte in sein Teeglas, doch seine Hände, die es hielten, zitterten. Essie stand die Angst ins Gesicht geschrieben. Aber sie durften jetzt nicht aufgeben, sondern mussten sich zusammenreißen und sich den bevorstehenden Herausforderungen stellen. Sie mussten Ahmad retten!

Farah richtete sich auf. »Sagen Sie uns, was wir wissen müssen. Sagen Sie uns, wie wir gewinnen können!«

Madame Nasirahs Augen funkelten. »Ach, ich hatte schon Angst, ihr fragt mich das nie.«

7

Madame Nasirah räumte die leeren Teegläser und den halb aufgegessenen Keksteller weg. »Ziel des Spiels ist es, die Stadt der tausend Türme zu zerstören. Das erreicht ihr, indem ihr bei den Herausforderungen siegt, die der Architekt in der Stadt …«

»Aber was passiert dann mit den Bewohnern von Paheli?«, unterbrach Farah sie.

»Wir können hier weg«, sagte Madame Nasirah mit hoffnungsvoller Stimme.

Alle würden hier wegkönnen, auch Ahmad. Vielleicht sogar der Freund, den Tante Zohra damals hier zurückgelassen hatte …

»Lasst uns gehen«, meinte Farah hastig, doch Madame Nasirah bedeutete ihr, sitzen zu bleiben.

»Es gibt noch mehr, was ihr wissen müsst.« Madame Nasirah ließ ihren Blick von einem zum anderen wandern, bis alle nickten und gespannt auf das warteten, was sie ihnen zu sagen hatte. »Die Zeit, die ihr habt, um zum Ort der Herausforderung zu gelangen, beginnt, wenn vom zentralen Minarett ein lautes Donnern ertönt. Die Zeit, die euch für die Bewältigung der Aufgabe zusteht, beginnt, wenn von dem Minarett Funken aufsteigen.«

Sie erhob sich und ging zu einer Reihe von Überseekisten, die an einer Wand standen. Die drei sahen zu, wie sie in den großen Truhen herumwühlte und dann mit einigen seltsamen Gegenständen zum Tisch zurückkam.

»Das Minarett kann man von überall in der Stadt aus sehen, ihr könnt euch immer daran orientieren. Sobald ihr die Herausforderung angenommen habt, stehen euch diese beiden Dinge zur Seite. Das Erste ist diese Uhr.« Verwundert blickten die Kinder erst einander und dann das Objekt an, das wie eine Sanduhr aussah, an der einige mechanische Teile angebracht waren. »Sie zeigt euch stets an, wie viel Zeit euch bleibt. Kluge Spieler werden vom Donnern und den Funken des Minaretts nicht überrascht, sondern wissen, wann sie damit zu rechnen haben, weil sie diese Uhr im Auge behalten. Ihr habt stets eine Stunde Zeit, um zum nächsten Austragungsort zu gelangen, und dann wieder eine Stunde, um die Aufgabe zu bewältigen. Diese Uhr zeigt euch das alles an.«

»Was ist, wenn die Sanduhr umkippt?« Alex nahm sie in die Hand und betrachtete sie von allen Seiten.

Madame Nasirah drehte die Sanduhr um und zeigte ihnen einen Schlüssel, der in den Sockel eingefügt war. »Sie dreht sich selbst um, sobald ihr die Stadt betretet, und fliegt neben eurem Team her.«

»Sie kann *fliegen*?«, fragte Alex überrascht.

»Sie wird euch begleiten wie eine Wolke«, erwiderte Madame Nasirah.

Alex nickte nachdenklich. Farah wusste, dass er jede Information in seinem Kopf genau abspeicherte.

»Euer zweiter Helfer ist diese Karte. Es ist eine ganz besondere Karte, die niemals dasselbe Bild zweimal zeigt.«

»Aber ist sie dadurch nicht nutzlos?«, meinte Essie.

»Nicht, sobald ihr innerhalb der Stadtmauern seid. Es ist eine Stadt, deren Grenzen und Straßen sich ständig verändern. Die Karte wird euch alles zeigen, was ihr kennen müsst: die Austragungsorte, die Positionen der anderen Teammitglieder, Orientierungspunkte in Paheli und eure Routen durch die Stadt.«

Essie rollte die Karte auf ihrem Schoß aus und wäre dabei beinahe von ihrem Stuhl gefallen. Erschrocken schrie sie auf und Farah und Alex eilten zu ihr. Noch bevor die beiden Essie fragen konnten, was sie so erschreckt hatte, sahen sie es selbst: Die Karte rollte sich nicht nur selbstständig aus, sondern bildete mehrere Ebenen! Türme und Paläste, Oasen und Dünen ragten dreidimensional vor ihr auf.

Sie konnten auf der Karte die von Laternen beleuchteten Gassen des Basars sehen und Ströme gesichtsloser Körper, die jedoch niemals ein großes schmiedeeisernes Tor passierten. Hinter dem Tor kam nur eine gewaltige leuchtende Leere.

»Paheli, die Stadt der tausend Türme«, sagte Madame Nasirah mit einer Kopfbewegung. »Diesen Teil werdet ihr sehen können, wenn die Zeit dafür gekommen ist.«

Essie murmelte irgendetwas vor sich hin, doch Farah hörte nicht zu, weil etwas auf der Karte ihre Aufmerksamkeit fesselte: drei kleine Pop-up-Figuren in einer winzigen Teestube. Drei kleine Figuren mit vertrauten Gesichtern, über deren Köpfen Namensschilder schwebten:

FARAH. ALEX. ESSIE.

Dann war da noch eine Figur, die in der Stadt herumsprang. Sie hatte einen Wuschelkopf und ihre Arme und Beine zappelten, als ob sie gerade einen sehr schlimmen Trotzanfall hätte.

AHMAD.

Farah wusste nicht, ob sie erschrocken oder erleichtert sein sollte. »Er ist hier. Er ist tatsächlich hier!«

Essie legte Farah eine Hand auf die Schulter. »Und er ist genau dort, wo wir hingehen sollen. Schaut nur, das da sind wir. Da stehen unsere Namen, so als ob wir Spielfiguren wären.«

»Na ja, das seid ihr ja auch irgendwie«, schaltete sich Madame Nasirah ein. Sie beugte sich vor und tippte die Ecken der Karte an, die sich daraufhin eilig wieder zusammenrollte. »Wir müssen mit den Vorbereitungen weitermachen, damit ihr ihn einholen könnt.«

»Wie können wir auf der Karte sehen, wie wir im Spiel vorangekommen sind?«, fragte Alex.

»Wenn ihr eine Runde gewinnt, wird ihr Austragungsort zu Sand und existiert ab da nicht mehr auf der Karte. Die Grenzen von Paheli verschieben sich, sodass keine Lücke zwischen den Austragungsorten bleibt, und die Stadt schrumpft.«

»Wie groß ist Paheli denn?«, fragte Essie.

»Das hängt von der jeweiligen Tageszeit ab. Die meiste Zeit über sind es acht einzelne Orte, aber ich habe auch schon gehört, dass sie sich gelegentlich auf über einhundert ausdehnt«, sagte Madame Nasirah, bevor sie jedem der drei eine seltsam geformte Schutzbrille reichte. »In manchen Ecken der Stadt braucht ihr Nachtsichtbrillen – und einen Werkzeuggürtel.«

Essie schnappte sich den Gürtel und hängte die drei Nachtsichtbrillen daran. Alex nahm die Uhr und Farah behielt die zusammengerollte Karte.

»Hier habt ihr Geld in unserer Währung«, sagte Madame Nasirah und übergab Essie eine Handvoll Goldmünzen, für die es im Werkzeuggürtel eine eigene Tasche gab. »Damit ihr euch kaufen könnt, was ihr braucht. Und zum Schluss gebe ich euch noch ein paar gute Ratschläge mit auf den Weg. Ihr solltet mir jetzt aufmerksam zuhören!«

Farah sah von der Karte auf ihrem Schoß auf und Essie lehnte sich erwartungsvoll über den Tisch.

Madame Nasirah hob mahnend ihren Zeigefinger. »Erstens: Nehmt euch vor den Schmieraffen, den Kamelspinnen und vor allem vor der Sandpolizei in Acht. Sie sind euch alles andere als freundlich gesonnen und können gefährlich werden.«

»Was sind die …?«, begann Essie, doch da streckte Madame Nasirah schon den zweiten Finger hoch.

»Zweitens: Passt gut auf die Karte auf. Ihr dürft sie nicht verlieren, denn sie liefert euch immer alle Informationen, die ihr braucht.«

Sie hob den dritten Finger. »Drittens: Das Spiel stellt den Teams drei Herausforderungen, doch sobald ein Team alle drei erfolgreich gemeistert hat, folgt stets eine vierte. Das ist eine Vorsichtsmaßnahme des Architekten, der unbedingt verhindern will, dass ein Team allzu leicht gewinnt. Macht euch also auf Überraschungen gefasst!«

Madame Nasirah beugte sich tiefer über den Tisch,

hob einen vierten Finger und sagte nun mit leiserer, tieferer Stimme: »Viertens: Das Spiel versucht zu schummeln. Während ihr euch weiteren Aufgaben stellt, wird es beginnen, die Stadt heimlich wieder neu aufzubauen.«

Alex schluckte hörbar. Farah merkte, dass sich ihr ganzer Körper vor Konzentration anspannte. Erst in diesem Moment wurde ihr so richtig bewusst, dass das Spiel tatsächlich *real* war. Bisher hatte sie das noch nie so deutlich empfunden, nicht einmal als Ahmad verschwunden oder ihre Tante weinend aus dem Zimmer gestürzt war … als sie von ihnen weggelaufen war, anstatt sich ihrer von schmerzlichen Erinnerungen belasteten Vergangenheit zu stellen. Sie mussten das Spiel tatsächlich ernst nehmen!

Sie mussten gewinnen!

Und Farah wusste, dass sie es konnten.

»Und nun zum Schluss Nummer fünf: Wählt einen Talisman, der eurem Team Glück bringen soll.« Madame Nasirah legte drei Gegenstände vor ihnen auf den Tisch: einen goldenen Schlüssel, einen silbernen Würfel und einen Puzzlering, der dem von Tante Zohra ähnelte.

»Was ist ein Talisman?«, fragte Essie.

»Ein Objekt, das dem Menschen Glück bringt, der es bei sich trägt«, erklärte Madame Nasirah.

Farah sah ihre Freunde an, und wie immer schienen diese zu wissen, was sie gerade dachte. Sie zeigten auf den

Ring. Madame Nasirah übergab ihn Farah, die ihn in ihre Tasche gleiten ließ.

Plötzlich sprang die angelehnte Tür der Teestube mit Schwung auf. Die Mädchen zuckten zusammen, Alex entfuhr ein Schrei. Madame Nasirah stand auf, um sie zu schließen, und zog den Vorhang an einem der Fenster beiseite. Sie blickte nach draußen und stieß einen leisen Pfiff aus.

»Der Basar schließt. Ihr müsst die Nacht hier bei mir verbringen und könnt erst morgen früh aufbrechen. Aber macht euch keine Sorgen«, fügte sie hinzu, als Farah enttäuscht aufstöhnte. »Das Spiel beginnt erst in dem Moment, in dem ihr die Stadt durch ihre Tore betretet. Vorher wird die Zeit nicht gestoppt, ihr habt also noch einen Aufschub. Helft mir bitte jetzt beim Abschließen, heute werden keine Kunden mehr kommen.«

»Was ist mit unseren Eltern?«, fragte Essie. »Sie werden nach uns suchen.«

»Da hast du wohl recht. Ich nehme an, dass meine Eltern ebenfalls nach mir gesucht haben«, entgegnete Madame Nasirah wehmütig. »Zumindest einige Zeit.«

»Es gibt nichts, was wir tun könnten«, sagte Farah und dachte dabei an ihre Eltern, die sich inzwischen wohl wegen ihrem Bruder und ihr große Sorgen machten. Sie stellte sich vor, wie sie in genau diesem Augenblick mit hängenden Schultern am Esstisch saßen und Mom die Tränen über das Gesicht liefen. Farah sah durch das Fenster den Händlern zu, die hastig Fensterläden schlossen und ihre vor den Läden und auf Ständen ausgestellten Waren mit Planen abdeckten. Der Himmel hatte eine abweisende graue Färbung angenommen und der Wind pfiff so laut, dass man es sogar in der Teestube drinnen hören konnte. Gleichzeitig spürte Farah einen inneren Sturm in ihrer Brust.

»Der Architekt ist sicher schon ganz aufgeregt vor Vorfreude auf das Spiel mit einem neuen Team«, meinte Madame Nasirah, während sie den Teekessel am Wasserhahn auffüllte. »In den beiden letzten Wochen hatten wir zwei Sandstürme pro Tag. So etwas habe selbst ich vorher noch nie erlebt. Wenn das so weitergeht, besteht der Basar demnächst nur noch aus Sanddünen und verrammelten Türen.«

Essie und Alex tranken noch mehr Tee und legten sich kurz darauf auf das improvisierte Lager aus Laken und Decken, das Madame Nasirah für sie auf dem Fußboden zurechtgemacht hatte, nachdem Farah sich geweigert hatte, in einem der zahlreichen hinteren Zimmer zu schlafen. Die dunkle Nacht und das Heulen des Windes erinnerten sie ständig daran, wie unerreichbar weit weg ihr Zuhause und ihre Eltern waren. Hatte ihre Mutter inzwischen die Polizei verständigt? Oder hatte Tante Zohra die Eltern über das Spiel aufgeklärt?

Und wo steckte Ahmad jetzt, wo der Sandsturm an den Fensterläden rüttelte wie ein wütendes Kind, das Einlass begehrte? Befand er sich an einem sicheren Ort? Hatte er ein Eckchen gefunden, in dem er das Wüten des Sturms unbeschadet überstehen konnte?

Wenn *sie* diese Welt schon als furchterregend empfand, wie mochte sie dann erst auf Ahmad wirken? Es fiel Farah schwer, sich nicht von ihrer Traurigkeit überwältigen zu lassen. Während sie versuchte, auf dem Deckenlager eine einigermaßen bequeme Position zu finden, musste sie an all die anderen Abende denken, an denen sie in ihrem vertrauten Bett gelegen und ihrem dicht an sie gekuschelten kleinen Bruder seine Lieblingsgeschichten erzählt hatte, die von den Dschinn.

Ganz besonders mochte er eine Geschichte, die Farah selbst erlebt hatte, als sie als kleines Kind zusammen mit den Eltern bei ihren Großeltern in Bangladesch in deren altem Haus zu Besuch gewesen war. Eines Abends hatten Farah und ihre Cousins zu später Stunde nach dem letzten Abendgebet beschlossen, Verstecken zu spielen. Farah hatte sich in eine dunkle Ecke in der Nähe des Zimmers ihres jüngsten Onkels geduckt. Von diesem Versteck aus konnte sie gut die breite Steintreppe im Auge behalten, sodass sie den Cousin, der mit Suchen dran war, sehen würde, bevor er sie sah. Doch mit der Zeit kam es ihr vor, als würden sich die Schatten rings um sie herum bewegen, als würden sie wie Straßenkatzen auf Futtersuche lautlos näher schleichen und gleichzeitig die lebhaften Stimmen ihrer Mutter und der Tanten dämpfen, die unten in der Küche das Abendessen zubereiteten.

Plötzlich war es Farah, als höre sie Schritte auf der Treppe, und der Gedanke, nicht mehr alleine zu sein, war ihr in dem Moment verlockender erschienen als der Triumph darüber, nicht entdeckt worden zu sein. Gleich darauf fiel der Strom aus. Es blieb nur kurz ganz dunkel, weil bereits Sekunden später, wie immer in diesen Fällen, der hauseigene Generator die Stromerzeugung übernahm und deshalb die Lichter gleich wieder angingen. Doch in diesem kurzen Augenblick der Dunkelheit schlossen sich Finger um Farahs Fußknöchel. Panisch schrie sie auf und stürmte aus ihrem Versteck.

Keiner ihrer Cousins und Cousinen hatte sich damals zu diesem Anschlag bekannt.

Als Farah nun aufwachte, war ihr Gesicht nass von Tränen. Sie war davon ausgegangen, dass sie am Abend ihres Geburtstags in ihrem eigenen Bett liegen würde, mit leichtem Bauchweh von dem vielen Kuchen und mit Ahmads leisem Schnarchen als Schlaflied im Hintergrund. Stattdessen lag sie auf dem Fußboden eines nur schwach von Kerzen erhellten Raums, an dessen Tür und Fensterläden immer noch der Sandsturm rüttelte. Es war kein Albtraum, es war Wirklichkeit. Ihr kleiner Bruder war verloren gegangen. Sobald die Sonne aufging, würden sie die Herausforderung annehmen und ihn finden.

8

Wie so oft wirkte auch an diesem Morgen alles freundlicher und leichter. Zumindest zunächst.

Farah wurde nur langsam wach. Sie fand sich flach auf dem Rücken liegend wieder und die unter ihr aufgeschichteten Laken und Decken bildeten eine überraschend luftige und weiche Unterlage. Essies sommersprossiger Arm lag quer über ihrem Bauch und Alex' Schnarchen war so laut wie ein Außenbordmotor. Das vertraute Geräusch brachte sie zum Kichern. An unzähligen Sonntagmorgen war sie in genau derselben Gesellschaft aufgewacht, schon als sie alle drei noch Windeln trugen.

Aber jetzt waren sie nicht mehr in Queens und auch nicht auf der Upper East Side und es kamen auch keine beruhigenden Geräusche aus der Küche.

Mit einem Ruck setzte sich Farah auf.

Ahmad.

Von ihrer plötzlichen Bewegung aufgeschreckt, legte Essie ihr eine Hand auf den Unterarm. »Farah? Was ist passiert?«

»Wir müssen los. Wir müssen sofort los.« Ohne auf eine Antwort zu warten, sprang Farah auf und griff nach dem zerknitterten Schal auf ihrem Kopf. Es war nicht anzunehmen, dass das Spiel Pluspunkte für adrettes Aussehen vergab. Trotzdem zog sie die Haarnadeln heraus und steckte sie sich zwischen die Lippen, um den Schal korrekt zu drapieren und wieder festzustecken.

»Jetzt gleich?«, fragte Essie. »Und was ist mit dem Sandsturm?«

Der Sandsturm war Farah im Moment ziemlich egal. Ahmad war irgendwo da draußen. Was, wenn er keinen Unterschlupf gefunden hatte? Sie konnte hier nicht ruhig sitzen und Tee trinken, solange er mutterseelenallein irgendwo herumirrte.

»Der Sturm hat sich gelegt«, sagte eine andere vertraute Stimme. Essie und Farah zuckten zusammen, als Madame Nasirah hinter einem Türvorhang hervorkam, in einer Hand das Silbertablett mit den Teegläsern, in der anderen ein Teller unter einer silbernen Servierhaube. »Aber ich hoffe, ihr erwartet nicht, dass ich euch ohne Frühstück hinaus in das Spiel schicke.«

Alex und Essie setzten sich eifrig auf. »Frühstück? Wirklich?«

»Frische Spinattaschen«, verkündete ihre Gastgeberin feierlich. Sie nahm die Haube von dem Teller und darunter kamen dreieckige goldbraune Teigtaschen zum Vorschein. »Ich habe euch auch Milch warm gemacht. Ihr braucht eine feste Unterlage, vor allem weil euch das Spiel, wenn alles so läuft wie sonst, als Erstes wohl zu Titus Salt schicken wird.«

Angewidert sah Farah zu, wie sich Essie mit den Teigtaschen vollstopfte. Ihr eigener Magen verweigerte jegliche Nahrungsaufnahme. Sie konnte sich nicht vorstellen etwas zu essen, jetzt wo sie nicht wusste, was ihnen bevorstand. Sie rollte die Karte auf ihrem Schoß auseinander und es tröstete sie, als sie sah, dass Ahmads quirlige Spielfigur durch das Stadtzentrum flitzte. Deshalb achtete sie nicht auf das, was Madame Nasirah gerade sagte.

»Titus … Salt? Wer ist das?«

»Er hält sich für den Assistenten des Architekten. Tatsächlich aber ist er nur ein größenwahnsinniger Mechaniker.« Madame Nasirah beugte sich vor und glättete ihre *Dupatta*, bevor sie den Tee in die Gläser goss. Diese Handbewegung erinnerte Farah so sehr an ihre Mutter, dass sie Bauchweh bekam. Sie presste eine Hand gegen ihren Magen und bemühte sich, sich auf das zu konzentrieren, was Madame Nasirah ihnen erzählte.

»Das ist aber ein komischer Name«, kicherte Essie. »*Titus Salt*. Offenbar mochten ihn seine Eltern nicht besonders.«

»Davon weiß ich nichts, aber ich rate dir dringend, ihm das nicht ins Gesicht zu sagen. Überhaupt solltet ihr im Umgang mit dem alten Titus sehr vorsichtig sein, und auch gegenüber allen anderen Bewohnern des Spiels. Heute ganz besonders.« Madame Nasirahs Gesicht – oder zumindest das, was Farah von diesem Gesicht sehen konnte – wirkte sehr ernst. »Ich habt den Sandsturm letzte Nacht doch gehört, oder?«

Oh ja, Farah konnte sich sehr gut daran erinnern. Es war ein furchtbarer Sturm gewesen, der durch die leeren Gassen getobt war und die Verkaufsstände des Basars ordentlich durchgerüttelt hatte.

Und sie konnte sich auch noch an etwas erinnern, das Madame Nasirah gestern Abend offenbar unabsichtlich herausgerutscht war.

»Sie haben gesagt, dass der Architekt den Sandsturm verursacht hat.«

Alex hob zweifelnd die Augenbrauen. »Der Typ kontrolliert das Wetter? Wirklich?«

Madame Nasirah nickte.

»Ich habe euch ja gestern erzählt, dass ich mit den meisten Aspekten des Spiels nichts zu tun habe: Ich entscheide nicht, wer es spielt, wem das Team unterwegs begegnet und welche Regeln es befolgen muss.« Ihr Blick wanderte zur Tür und Farah kam es vor, als schaue die Frau durch die Wände hindurch und in den Basar, durch die Gassen mit den Ständen, die wieder frisch hergerichtet waren und von Kunden und Schaulustigen umringt wurden. »Paheli – diese gesamte Welt – beugt sich dem Willen ihres Herrn: des Architekten.«

Farah spürte, wie sich Angst in ihr breitmachte. Der Architekt. Je mehr sie über ihn hörte, desto sicherer wurde sich Farah, dass mit dem Mann etwas nicht stimmte. Wer dachte sich denn so etwas Verdrehtes wie dieses Spiel aus? Zumindest war inzwischen klar, dass diese Welt auf keinen Fall demokratisch regiert wurde.

»Warten Sie …«, sagte Alex. »Weil das Spiel den Architekten als seinen Meister anerkennt oder als was auch immer, kommen Unwetter auf, sobald er schlechte Laune hat? Bekommt das Spiel aus lauter Sympathie für seinen Herrn einen Wutanfall? Einfach so?«

»Ja, ich glaube, man könnte es so sagen.« Madame Nasirah kicherte. »Aber ich denke nicht, dass er wütend ist. Eher aufgeregt. Er freut sich darüber, dass nach so langer Zeit wieder ein Team hergefunden hat.«

Farah biss sich auf die Unterlippe und spielte am Saum ihres Ärmels herum. Sie betrachtete ihre Freunde: Alex, der hellwach und unternehmungslustig aussah, und Essie, die bei den Teigtaschen tüchtig zulangte und sich zwischendurch aber immer noch den Schlaf aus den Augen rieb. Ein Team. Sie drei. Waren sie bereit dafür, die Herausforderung anzunehmen? Sie *mussten* dafür bereit sein!

»Ich gebe euch noch eine Warnung mit auf den Weg: Nicht nur das Spiel unterwirft sich dem Architekten, sondern auch Titus. Er würde alles für ihn tun, nur um von ihm ab und zu gelobt zu werden. Titus' Aufgabe besteht darin, das Spiel instand zu halten und dafür zu sorgen, dass alles reibungslos läuft. Denkt niemals, ihr könntet Titus auf eure Seite ziehen. Er sieht in euch nur ein weiteres Team, das durch sein Revier läuft. Er wird sich auf keinen Fall mit euch anfreunden.«

»Na, das hört sich ja schon mal echt nett an«, nuschelte Essie mit vollem Mund. Sie griff nach einer der Teigtaschen, die auf dem Teller von Alex lagen, und bekam dafür von ihm einen Klaps auf die Hand.

Farah hatte jedoch ganz andere Sorgen. »Warum sollen wir überhaupt zu ihm gehen?«

»Weil er euch den Austragungsort eurer ersten Herausforderung verrät und eure Uhr in Gang setzt«, antwortete Madame Nasirah und stellte ein Glas Milch vor Farah hin. »Der Architekt gestattet Titus, zu entscheiden, welcher Herausforderung sich ein Team als Erstes stellen muss. Ein Zugeständnis seinerseits, denn Titus ist ja auch derjenige, der den Austragungsort wieder aufbaut, wenn er erst einmal zerstört worden ist.«

»Ich dachte, Sie hätten gesagt, dass uns die Karte zeigt, wo wir hingehen müssen? Lautet so nicht die Regel?«, fragte Farah nach.

»Ja, und es freut mich, dass du mir gut zugehört hast. Aber diese Ausnahme von der Regel ist auch ein Entgegenkommen des Architekten gegenüber dem Team. Geht darauf ein, geht zu dem Mann. Versucht von ihm möglichst viele Informationen zu erhalten, aber geht sehr vorsichtig mit ihm um. Danach richtet ihr euch nach der Karte und sie wird euch euren Weg durch Paheli weisen.«

»Paheli.« Farah ließ das Wort über ihre Zunge gleiten, wie eine fremdartige neue Speise. »Rätsel.«

Paheli, auf dessen Karte die kleine Ahmad-Figur wild herumtanzte und dann wieder verschwand. Sie machte sich Sorgen um ihn, wie eine Mutter: Hatte er etwas zu essen gehabt? Hatte er schlafen können? War er ganz alleine, einsam und verwirrt? Und, noch wichtiger: Würde sie ihn finden, in einem winzigen Bruchteil der Stunde, die ihnen vor der ersten Herausforderung blieb?

Eine Hand legte sich auf Farahs Schulter, und als sie aufsah, begegnete sie Madame Nasirahs Blick.

»Nur Mut«, sagte sie leise. »Hab Vertrauen zu dir selbst! Vertraue deinen Freunden. Lass niemanden sonst wissen, dass du nach deinem Bruder suchst. Es würde so aussehen, als ob du das Spiel eigentlich gar nicht spielen willst, und das könnte böse Folgen für euch haben.«

Farah biss die Zähne zusammen und setzte sich kerzengerade hin. Sie musste beides schaffen: das Spiel gewinnen und Ahmad finden. Sie *würde* beides schaffen. »Machen Sie sich keine Sorgen, das werde ich nie vergessen«, sagte sie, rollte die Karte zusammen und steckte sie in die Tasche vorne an ihrer Tunika.

»Geht durch das Stadttor. Titus wird dahinter auf euch warten.« Madame Nasirah winkte den drei Freunden mit einem weißen Taschentuch nach. Hand in Hand schoben sie sich durch die dichte Menge, die nun die Straßen des Basars bevölkerte. Farah kam es vor, als ob gerade nicht Morgen, sondern früher Nachmittag wäre. Zwischen den Verkaufsständen gab es jetzt auch Essensstände, die brutzelnde Fleischspießchen und frisches Fladenbrot feilboten.

»Weißt du überhaupt, in welche Richtung wir gehen müssen?«, schrie Essie in Farahs Ohr. »Wir können hier ja nicht einmal die Karte ausrollen, ohne zerquetscht zu werden.«

»Sie scheinen alle auf die Stadttore zuzulaufen, wir gehen einfach mit«, keuchte Farah. Sie war vollkommen durchgeschwitzt, *Salwar Kamiz* und Schal klebten feucht an Haut und Haaren. Und ihre Füße taten ihr weh. Es kam ihr vor, als hätten sie schon zahllose Kilometer zurückgelegt, dabei konnten es in Wirklichkeit nur wenige Schritte sein. In sämtlichen Gassen herrschte dichtes Gedränge. Immer wieder traten ihr unachtsame Passanten auf die Füße und einmal wurde ihr im Vorbeigehen ein Arm gegen die Wange geschlagen.

Alex lief der Schweiß über das Gesicht und seine Brille war beschlagen. »Ich … sehe … kein Stadttor«, sagte er heiser. »Verdammt! Müssen die hier denn alle gleichzeitig einkaufen gehen?«

Offenbar war das der Fall. Als sie das Ende des Basars erreicht hatten, fühlte sich Farah, als sei sie dreimal hintereinander ohne Pause durch ganz Manhattan gelaufen. In dieser breiten Straße, von der die Basar-Gassen abzweigten, gab es weniger Marktstände, dafür ein paar Restaurants, Buchgeschäfte und Antiquitätenläden. Eine stillere, weniger belebte Gegend. Sie erinnerte Farah an bestimmte Straßen in Dhaka oder Kalkutta, in denen sie mit ihrer Mutter shoppen gewesen war.

»Mir ist so komisch zumute«, flüsterte Essie. »Ich habe sogar eine Gänsehaut.«

Farah hätte das Gefühl nicht in Worte fassen können, doch sie spürte es auch.

»Vielleicht sollten wir lieber zu Madame Nasirah zurückkehren«, meinte Alex nervös. Aber in dem Moment löste Farah ihre Hand aus seiner und fasste ihn am Ellbogen, denn jetzt hatte sie es gesehen: Nur wenige Meter von ihnen entfernt ragte ein unglaublich hohes Tor empor. Es erinnerte sie an die stachelbewehrten Tore europäischer Burgen, war aber mit einem wunderschönen Mosaik verziert: Ornamente aus Blättern und reifen Feigen, die so saftig und prall aussahen, dass man unwillkürlich den Wunsch verspürte, die Hand nach ihnen auszustrecken, um sie zu pflücken.

Obwohl genau dieses Tor ihr Ziel war, blieb Farah bei dem Anblick wie angewurzelt stehen. Denn hinter dem Tor lag Paheli, die Stadt der tausend Türme, in deren Mitte der gefährliche, launische Architekt lauerte und alles kontrollierte.

»Farah?« Essie tätschelte nervös den Unterarm der Freundin. »Müssen wir da wirklich rein?«

Farah legte den Kopf in den Nacken und starrte das hohe Tor an. Obwohl es im Basar heller Tag gewesen war, wirkte das Tor dunkel und feindselig.

Farah lehnte sich an Essie, schloss die Augen und atmete tief durch. Sie roch einen schwachen Duft von gebratenem Fleisch, Öl, Zimt, Chili und Nelken. Die Gerüche holten sie in die Wirklichkeit zurück. Ja, hinter diesem Tor warteten unbekannte Gefahren auf sie. Paheli hatte zahllose Kinder aus ihren Familien gerissen und Tante Zohras Herz gebrochen. Und es war von einem Mann erdacht worden, der offenbar nichts anderes im Sinn hatte, als anderen zu schaden.

Aber all das spielte nun keine Rolle mehr. Farah wusste, was sie zu tun hatten.

»Wir gehen jetzt da rein.«

9

Das Tor zu passieren war allerdings leichter gesagt als getan. Es war verschlossen und sie hatten keine Ahnung, wie sie es öffnen sollten.

»Es gibt keine Klinke«, stellte Alex fest und streckte die Hand nach der glatten Oberfläche aus. Doch noch bevor seine Fingerspitzen es berührten, öffnete sich das Tor nach innen. Essie wich mit einem kleinen Schrei zurück und Alex packte Farahs Hand.

»Aua! Alex!«, rief sie.

»Tut mir leid.«

»Wenn es dir leidtut, könntest du dann meine Hand vielleicht loslassen?«

»Ups!«, sagte Alex und zog seine Hand wieder zurück.

»Äh … Leute?« In Essies Stimme schwang Panik mit. »Oh mein Gott! Wo sind wir hier?«

Nun, da sich das Tor vollständig geöffnet hatte, sahen sie, was dahinter war: Sand. Unheimlich viel Sand. Dünen, so weit das Auge reichte. Und dazwischen und dahinter unglaubliche Bauwerke.

Herrliche Paläste, so reich verziert wie Hochzeitstorten, in Pastellfarben und mit unzähligen Türmen und Türmchen gespickt. Dazwischen Minarette, deren oberste Fenster in schwindellerregender Höhe im Tageslicht aufblitzten. In der Mitte all dessen stand das höchste Minarett, nach dem sie sich Madame Nasirah zufolge zu richten hatten. Farah konnte sich bei seinem Anblick gut vorstellen, dass es von allen Punkten Pahelis aus sichtbar war.

Erst als sie schon weitergehen wollten, fiel Farah die Moschee auf. Sie thronte in der Mitte all der Paläste und war in einem freundlichen Rosaton gestrichen, der an Sonnenuntergänge erinnerte. Ein harmonisches Gebäude mit breiten Bögen, runden Dächern und einer wunderschönen Kuppel als Krönung.

»Was ist das nur für ein Ort?«, flüsterte Alex.

»Es sieht wie aus Zucker aus«, erwiderte Essie aufgeregt. »Ob die Gebäude wohl süß schmecken, wenn man daran leckt?«

Farah und Alex rissen sich vom Anblick der Stadt los und starrten sie an.

»Hey, das war nur eine Frage!«, verteidigte Essie sich.

»Das also ist Paheli«, sagte Farah. »Es ist riesig!«

Madame Nasirah hatte recht gehabt. Selbst wenn man die Stadt von ihrem äußersten Rand aus betrachtete, merkte man sofort, dass sie unvorstellbar groß war.

Farah wagte einen Schritt über die Schwelle des Tors. Im selben Moment geriet alles in Bewegung.

»Ah! Farah!«

Essie riss sie am Ärmel zurück und die drei sahen mit großen Augen zu, wie sich Paheli zurechtrückte und veränderte, bis sie keine Stadt inmitten einer flachen Wüstenlandschaft mehr war, sondern ein Puzzlespiel von Gebäudekomplexen auf mehreren übereinanderliegenden Ebenen. Türme legten sich flach hin und Dünen verschoben sich. Aus einer Düne kroch eine Eisenbahn hervor und fuhr auf einem plötzlich aus dem Boden gewachsenen Gleis weiter. Aus den Toren der sich immer noch verändernden Paläste traten Kamele mit reich verziertem Zaumzeug. Jedes Kamel zog einen goldglänzenden Wagen hinter sich her, in dem schweigende Menschen mit gesenktem Kopf saßen.

Waren es hochrangige Fürsten? Oder vielleicht doch nur … Trugbilder? Farah wusste nicht mehr, was sie glauben sollte. Vernunft, Beobachtung, Wissenschaft, gesunder Menschenverstand … das alles schien hier keinerlei Bedeutung zu haben. In ihrer Heimatstadt New York hieß es immer, es gäbe nichts, was es in New York nicht gäbe. Aber selbst New York war mit dem hier nicht vergleichbar. Diese Stadt war anders, vollkommen anders.

»Wow!« Essie schüttelte ungläubig den Kopf. »Sehen wir das wirklich, was wir hier sehen?«

»Ja«, sagte Alex. »Ja, Essie. Wir sehen es alle drei.«

Das war eine Tatsache, und diese Tatsache sowie der Umstand, dass es so leicht gewesen war, in diese Stadt zu gelangen, gaben Farah das Gefühl, doch nicht ganz die Kontrolle über das verloren zu haben, was mit ihr geschah.

Alles in allem war es doch ein Spiel und Farah, die immer wusste, wie sie das Handgelenk bewegen musste, damit der Würfel die richtige Zahl zeigte, und wie sie ihre Murmeln vor Ahmads Zugriff schützen konnte, spürte plötzlich wieder so etwas wie festen Boden unter den Füßen.

Das hier war der Ort, an dem sie sich ihrer ersten Herausforderung stellen, an dem sie Ahmad finden würden.

»Okay, wir unterhalten uns später darüber, ob wir alle drei dasselbe träumen. Jetzt suchen wir erst einmal diesen Titus Salt. Sobald wir wissen, wo die erste Runde stattfindet, kann ich nachsehen, wie wir dahin kommen. Und unterwegs halte ich nach Ahmad Ausschau.«

»Ihr sucht nach Mister Titus Salt?«, rief eine kräftige Stimme hinter ihnen.

Farah, Alex und Essie drehten sich um.

Aufgrund des Klangs der Stimme hatte Farah erwartet,

einen großen starken Mann vor sich zu sehen, dicht bepackt mit Muskeln, die ihm die Kraft verliehen, das riesige Spiel immer in Bewegung zu halten. Doch der Titus Salt, der nun vor ihnen stand, war genau das Gegenteil von einem Muskelprotz – und dennoch keineswegs ein beruhigender Anblick.

Titus Salt war ein kleiner zierlicher Mann, der Farah seltsamerweise ein bisschen an ihre Tante Zohra erinnerte: mager, mit einem schmalen Gesicht und einem langen Kinn. Seine Kleidung wirkte ungepflegt, sein Haar bildete einen unordentlichen Schopf, sein Bart war dünn, die Lippen unnatürlich rot, so als hätte er gerade Himbeerlimonade getrunken.

Die einzige Eigenschaft dieses Mannes, mit der Farah bereits gerechnet hatte, war seine Unfreundlichkeit. Anders als Madame Nasirah, die sich sehr darüber gefreut hatte, endlich wieder einmal das ihr im Spiel zugewiesene Amt ausüben zu können, schien dieser Mann alles andere als entzückt darüber zu sein, ein neues Team willkommen zu heißen und ihm die Wunder seiner Stadt vorzuführen.

Titus Salt hielt einige Zahnräder in der Hand und ein eigenartig aussehendes Werkzeug.

»Äh … Mister Salt … Sir? Oder sollen wir Sie lieber Titus nennen?«, stammelte Alex.

Der Mann grunzte nur.

»Mister Salt«, versuchte Farah es. »Madame Nasirah hat uns gesagt, wir sollen Sie treffen, damit Sie uns den Austragungsort der ersten Herausforderung verraten.«

Essie starrte den Mann wortlos an.

Titus betrachtete die drei mit hochgezogener Augenbraue. Dann fragte er: »Ihr seid gekommen, um zu spielen?«

Farah musste schlucken, bevor sie antworten konnte. »Ja.«

»Kennt ihr die Regeln und habt ihr sie verstanden?«, fragte Titus Salt weiter.

»Wir müssen uns den Herausforderungen stellen und immer gewinnen«, antwortete Alex.

»Wenn ihr bei den Herausforderungen siegt, zerstört ihr meine Stadt – ihr wisst das, ja? Meine Stadt ist nun schon so lange unversehrt geblieben. Mein wunderbarer Mechanismus verschiebt die Paläste in regelmäßigen Abständen.« Liebevoll strich er über die Zahnräder in seiner Hand und Farah meinte, diese beinahe schnurren zu hören, wie zufriedene Katzen. »Das Minarett hat lange geschwiegen und so ist es mir am liebsten. Aber jetzt seid ihr hier und ich höre es wieder rufen.« Er sah so verächtlich auf sie hinunter, als wären sie Dreck an seinem Schuh.

»Wir wären Ihnen sehr dankbar … äh, Titus, Sir … wenn Sie uns verraten könnten, wo wir hingehen sollen«, wagte Essie zu sagen. Essie war schon immer diejenige gewesen, die es mit unfreundlichen Fremden aufnahm; die sich auf dem Schulhof Kinder vorknöpfte, die Böses über andere Kinder sagten, über deren Figur, deren Kleidung oder deren Schal auf dem Kopf.

Farah griff nach Essies Arm.

»Und wenn Sie die Uhr in Gang setzen könnten«, fügte Alex hinzu. Er nahm die Uhr aus der Tasche und hielt sie dem Mann hin.

Titus spuckte aus dem Mundwinkel roten Betelsaft aus. »Ihr glaubt, ihr könnt meine Stadt zerstören? Der Architekt hat mich zum Wächter über sie ernannt, das wisst ihr doch?«

»Aber er will in diesem Spiel gegen uns spielen und wir sind bereit«, sagte Farah entschlossen. »Also sagen Sie uns, wo wir hinmüssen, und wir werden gehen.«

Titus Salt riss Alex die Uhr aus der Hand, fischte einen winzigen Messingschlüssel aus der Tasche, stellte die Uhr auf den Kopf und rammte den Schlüssel in ein kleines Loch. Er drehte den Schlüssel ein paarmal um und die Uhr stieg aus seinen Händen in die Luft auf, wo sie zwischen ihm und den Kindern schwebte. »Sie wird immer in eurer Nähe bleiben. Meine Uhr ist sehr schlau.«

»Danke«, stammelte Alex und starrte die Uhr ungläubig an.

»Eurer ersten Herausforderung werdet ihr auf dem

Friedhof von Paheli begegnen«, verkündete Titus Salt und wandte sich zum Gehen. »Ich hoffe, ihr mögt Knochen.«

Aus dem Minarett kam plötzlich ein derartig lauter Knall, dass Farah vor Schreck beinahe vornübergekippt wäre. Die Leute, die auf der Straße unterwegs waren, blieben stehen und stießen Jubelrufe aus. Alex, Essie und Farah sahen, wie der Sand zu ihren Füßen die Worte formte:

WILLKOMMEN IN PAHELI, DEM SPIEL AUS BLUT UND SAND. IN EINER STUNDE BEGINNT DIE ERSTE HERAUSFORDERUNG.

10

Die Karte in Farahs Tasche vibrierte und deshalb zog sie sie heraus und entrollte sie rasch. Der Friedhof leuchtete auf der Karte auf wie ein in das Papier eingearbeiteter Stern. Ein Meer von halbmondförmigen Grabsteinen ragte aus der Karte heraus.

»Er liegt im nordwestlichsten Teil der Stadt«, stellte Essie fest, die Farah über die Schulter geschaut hatte.

Farah suchte die Karte nach Ahmad ab und entdeckte sein kleines Abbild schließlich auf der anderen Seite der Stadt, auf der dritten Ebene. Chutku, *was tust du da nur?*, fragte sie sich. *Und wie lange wirst du dort bleiben?*

»Wir müssen ihn holen«, sagte sie schließlich.

»Haben wir dafür denn genug Zeit?«, fragte Alex und wies mit einer Handbewegung zu der schwebenden Uhr. »Um zu ihm zu kommen, müssten wir in die falsche Richtung gehen. Er ist nordöstlich von hier und außerdem auch noch viel weiter oben.«

»Wir haben eine Stunde Zeit«, erinnerte Farah ihn. Es sollte reichen, um auf die dritte Ebene zu gelangen, zumal es nicht so aussah, als ob es dorthin sehr weit wäre.

Alex machte Miene, ihr zu widersprechen. »Was, wenn wir nicht rechtzeitig zu der Spielrunde …«

»Wir müssen *unbedingt* nach ihm suchen. Bitte!« Farah versuchte, die Tränen zurückzuhalten. In ihrem Hals saß ein dicker Kloß. Ahmads kleines pausbäckiges Gesicht blitzte vor ihrem inneren Auge auf.

»Aber wie kommen wir auf die anderen Ebenen der Stadt?«, überlegte Essie.

»Keine Ahnung. Wir könnten jemanden fragen«, meinte Farah, rollte die Karte zusammen und sprang auf. Sie ging auf die erstbeste Person zu, die sie sah: eine Frau, die vor dem Minarett hin und her schlenderte.

»Entschuldigen Sie bitte«, sagte Farah vorsichtig zu ihr.

Die Frau drehte sich abrupt um. Sie hatte einen dunklen Teint und auffallend helle Augen und ihr faltiges, zerknittertes Gesicht erinnerte Farah an eine zusammengeknüllte Papiertüte. Als die Frau den Mund öffnete, sah Farah, dass ihr ein paar Zähne fehlten. »Bist du eine von den Spielern?«, fragte die Frau mit rauer Stimme.

»Ja, Madame«, antwortete Farah höflich.

»Ach, es ist schon so lange her, dass ich gedacht habe, es würde nie wieder ein Team kommen.« Ohne Vorwarnung umarmte sie Farah fest. »Ich dachte, ich komme hier nie wieder raus!«

»Madame, könnten Sie uns vielleicht helfen?«, presste Farah wegen der Umarmung mühsam hervor. »Wie kommen wir auf die anderen Ebenen der Stadt?«

Die Frau lockerte ihren Griff kaum. »Über die Treppen geht es am schnellsten.« Sie zeigte auf eine Reihe reich verzierter Bögen aus dunkelgrauem Marmor, die zum Himmel emporragten, einer immer höher als der andere. Ihre sich scharf gegen den Himmel abzeichnenden Umrisse erinnerten Farah an den silbrigen Slinky, die lustige Spielzeugspirale, die Tante Zohra Ahmad letztes Jahr zu *Eid al-Fitr* geschenkt hatte. Die von den Bögen eingefassten Treppenstufen sahen hoch und glatt aus und so, als ob sie von kleineren Menschen mit kleineren Füßen und kürzeren Beinen nur schwer zu bewältigen seien. Farah fragte sich, wie ihr jüngerer Bruder da überhaupt raufgekommen war.

»Ihr könnt aber auch auf die Zahnradbahn warten«, fügte die Frau hinzu. »Es wird jedoch noch eine Weile dauern, bis sie kommt.« Endlich lockerte sie ihre Umarmung.

Das Mädchen sah seine beiden Freunde an und nach einem kurzen stummen Blickwechsel rannten alle drei gleichzeitig los.

»Danke!«, rief Farah über die Schulter der Frau zu.

Die Uhr schwebte neben ihnen her die Treppe hinauf. Nach einer größeren Anzahl von Stufen kam immer ein überdachter langer Treppenabsatz, eigentlich mehr eine Halle, in die durch schmale Fenster nur wenig Licht fiel. Diese Fenster waren nicht verglast, sondern bestanden aus kunstvoll durchbrochenen Steinplatten, und das durch sie hindurchfallende Licht zauberte auf den glatten Marmorboden zarte Muster. Alex und Essie blieben stehen, um sie zu bewundern. Farah hingegen hatte schon einmal ähnliche Fenster gesehen, als sie mit ihren Eltern den Tadsch Mahal in der indischen Stadt Agra besichtigt hatte. »Leute«, sagte sie und bemühte sich, nicht allzu ungeduldig zu sein, »wir haben keine Zeit. Wir müssen uns beeilen.«

Doch Alex hörte gar nicht zu. Von dem starken Duft der Jasmin- und Bougainvilleasträucher wie betäubt ging er einfach weiter und betrat die dritte Ebene der Stadt. Rings um sie herum standen Paläste, die ganz aus Glas waren, mit bunten Türmen, die Farah an Madame Nasirahs Teegläser erinnerten. Durch die Paläste hindurch konnten sie in deren Innenhöfe sehen, in denen üppige Pflanzen wuchsen: dichtes Gras, die verschiedensten Blumen, aber auch Auberginenpflanzen und Blumenkohl sowie Obstbäume, an deren Ästen saftige Früchte hingen. An manchen dieser Äste schienen Früchte zu fehlen, und Farah konnte sich gut vorstellen, dass Ahmad sie gepflückte hatte. Aber mittlerweile war er natürlich längst wieder weg und es konnte Stunden dauern, ihn zu finden.

»Wartet mal!« Essie war völlig außer Atem. Sie beugte sich vor, stützte die Hände auf die Knie und holte tief Luft. Ihre Locken klebten an der verschwitzten Stirn.

»Alex, komm zurück! Ich brauche dich!«, rief Farah und blieb stehen, um einen Blick auf die Karte zu werfen. Sie zeigte an, dass sie sich mitten im Gartenviertel befanden, auf der dritten Ebene, und somit höher, als Farah gedacht hatte.

Alex kam zurückgelaufen und gemeinsam suchten sie den Stadtplan nach Ahmad ab. Offenbar bewegte er sich sehr schnell.

»Er müsste ungefähr hier sein«, meinte Farah.

Alex tippte mit dem Zeigefinger auf das dicke Papier. »Siehst du? Auf dieser Ebene ist er gar nicht mehr. Er ist höher hinaufgestiegen. Auf die siebte Etage.«

»Okay, dann nichts wie los!« Farah sprang auf.

»Schau lieber mal auf die Uhr«, sagte Alex. »Die Hälfte des Sandes ist schon durchgelaufen. Wir müssen schleunigst zum Friedhof und uns der ersten Herausforderung stellen.«

»Aber wir sind schon so nahe bei Ahmad!«

Farahs Blick wanderte zwischen ihren beiden Freunden

hin und her: Alex scharrte schon mit den Füßen, während Essie ein für ihre Verhältnisse sehr ernstes Gesicht machte.

»Wenn wir nicht gewinnen, bleiben wir für immer hier«, sagte Alex.

»Wir *müssen* zum Friedhof«, unterstützte Essie ihn.

Farah hasste es, die Suche nach Ahmad abzubrechen, aber im Grunde wusste sie, dass ihnen keine andere Wahl blieb. »Okay, einverstanden«, seufzte sie.

»Wir suchen weiter nach ihm«, versprach Essie. »Wir werden gewinnen und Ahmad finden. Wenn wir die erste Aufgabe schnell hinter uns bringen, kommen wir danach wieder hierher.«

»Wenn er dann überhaupt noch auf derselben Ebene ist«, murmelte Farah.

Die drei kehrten zu der Marmortreppe zurück und stiegen hinunter, bis sie wieder im Stadtzentrum der ersten Ebene waren. Anhand der Karte ermittelten sie den schnellsten Weg zum Friedhof – vorbei am Minarett, das zweifellos bald Funken sprühen würde, an der Polizeidirektion und einer Schule, und dann weiter durch den Park, der an den Friedhof angrenzte.

»Wir müssen uns beeilen. Schaut mal auf die Uhr! Jetzt ist schon beinahe der ganze Sand durchgelaufen!« Alex fing an zu rennen. Farah folgte ihm und mit einem tiefen Seufzer trabte auch Essie los.

Im Laufschritt kamen sie an ihren Landmarken vorbei. An der Polizeidirektion rührte sich nichts und auch die Schule wirkte verlassen. Im Park wuchsen riesige Banyan-Feigenbäume und die drei mussten sehr aufpassen, um nicht über deren kreuz und quer über die Wege wachsenden Luftwurzeln zu stolpern. Plötzlich hörten die Bäume auf und sie standen vor einem schmiedeeisernen Zaun, der einen großen Friedhof umgab. Auf dem Sand zwischen den Grabsteinen und den mit dicken weißen Marmorplatten abgedeckten Gräbern krabbelten Unmengen eklig aussehender Insekten. Die dunklen Wolken am Himmel über dem Friedhof verstärkten die düstere, bedrohliche Stimmung, die von diesem Ort ausging, und erinnerten die drei daran, wie viel von ihrem Sieg abhing – nicht nur für sie selbst, sondern auch für die Bewohner dieser künstlichen Welt.

Farah spürte, dass jemand sie beobachtete – und das auf einem Friedhof, wo eigentlich alle tot sein sollten. *Sollten*, dachte sie und merkte, wie sie eine Gänsehaut bekam.

Aber sie wusste auch, dass sie sich der Herausforderung stellen mussten. Sie hatten keine andere Wahl. Also ging sie mit entschlossenen Schritten durch das Tor und auf eines der Gräber zu, in der Hoffnung, dass die anderen ihr folgten. Mit dem Ärmel wischte sie den Staub von einem Grabstein und legte so eine Inschrift auf Arabisch und Bengalisch frei, die sie nicht lesen konnte. Zwar hatte ihr Vater einmal angefangen, ihr die arabische Schrift beizubringen, aber dann hatte er wegen seiner Arbeit keine Zeit mehr dafür gehabt. Außerdem waren die Buchstaben nicht so sorgfältig ausgeführt wie in ihrem Lehrbuch und der Steinmetz hatte sämtliche Zeichen für Vokale weggelassen, die ihr geholfen hätten, die Inschrift zu entziffern.

»Was steht denn da?«, fragte Essie. Farah zuckte die Schultern, als Alex sich plötzlich umdrehte und aufgeregt auf einen Ballon zeigte, der über das Friedhofstor auf sie zugeflogen kam.

Es war eine Art kleiner ferngesteuerter Zeppelin, und an einer Halterung hing ein Blatt Papier mit der Aufschrift LIES MICH.

Farah zog das Blatt heraus, faltete es auf und las die mit Schreibmaschine getippte Nachricht laut vor:

Achtet auf die Löcher.

Und ganz besonders auf die Knochen.

Und kümmert euch um die Edelsteine.

»Was soll das denn heißen?«, fragte Essie .

Farah drehte das Blatt um.

Spielt eine Runde Mancala.

Ziel des Spiels: In der eigenen Schatzhöhle möglichst viele Edelsteine anhäufen.

»Also, Leute«, meinte Farah. »Versteht ihr das?«

»Findet ihr das mit den Knochen auch so gruselig? Und … Was war das?!«, rief Alex.

Aus der Spitze des Minaretts schossen Funken und Blitze, wie aus einer riesigen Feuerwerksrakete. Der Boden unter ihren Füßen erbebte. Der Sand geriet in Bewegung und mit einem spitzen Schrei griff Essie nach Farahs Arm und hielt sich an ihr fest. Alex nahm Essies andere Hand. Mit zusammengekniffenen Augen und gesenktem Kopf ließen sie einen blitzartig aufkommenden Sandsturm über sich ergehen. Der Sand rieb sich schmerzhaft an ihren Gesichtern.

»Was ist das denn? Ein Erdbeben?«, schrie Farah, um den Sturm zu übertönen.

Doch bevor jemand antworten konnte, öffnete sich das Grab zu Farahs Füßen und verschlang sie.

»Wa… aaah!«

11

Farah fiel und fiel und schlug dabei mehrere Salti. Es kam ihr vor, als stürze sie stundenlang durch den leeren Raum. Panisch suchten ihre Hände nach etwas, an dem sie sich festhalten konnten, und fuchtelten wild in der Luft herum. Die Dunkelheit schien immer dichter zu werden.

»Uff!« Mit dem Gesicht nach unten landete sie auf einem Sandhügel und ihr war, als würden bei dem Aufprall sämtliche Gelenke in ihrem Körper unheilvoll knacken. Als Farah das Gefühl hatte, dass ihr Gehirn an seine frühere Stelle zurückgefunden hatte, stand sie auf und legte den Kopf in den Nacken. Die schräg zulaufenden Wände verrieten ihr nicht, wie tief das Loch war, doch das über ihr sichtbare Stückchen Himmel kam ihr sehr, sehr weit weg vor. Um hier herauszukommen würde es nicht genügen, sich auf die Zehenspitzen zu stellen. Soviel war von vorneherein klar.

Unter ihren Füßen bewegte sich etwas, sodass sie beinahe das Gleichgewicht verloren hätte. Farah erstarrte. War das ein weiteres Beben gewesen, eine Ankündigung, dass der Boden wieder aufreißen und sie noch viel tiefer stürzen würde? Doch als weiter nichts geschah, wagte Farah, ihren Fuß abermals zu bewegen. Da! Wieder hatte sie etwas gespürt. Sie hockte sich hin und versuchte, am Boden etwas zu erkennen.

Unter ihren Füßen war nicht nur Sand. Zuerst hielt sie die kleinen Gegenstände für Steine, für glatte Flusskiesel, solche, die man gut über die Wasseroberfläche schnellen lassen kann oder aber mitnimmt und in die Tasche steckt, weil sie so angenehm in der Hand liegen. Die Gegenstände bewegten sich wieder. Und wieder.

»Was … was ist das?!«

Farah strauchelte und fing sich mit den Händen auf. Dieses Mal hatte sie der Schreck aus dem Gleichgewicht gebracht, denn sie hatte gemerkt, dass sie nicht auf Kieselsteinen stand, sondern auf *Knochen*! Auf einem riesigen Haufen von Knochen, die unter ihren Füßen übereinanderrollten.

Bis zu diesem Augenblick waren die einzigen Menschenknochen, mit denen Farah je in Berührung gekommen war, die des Schulskeletts gewesen, und die waren nicht einmal echt, sondern aus Plastik.

Dass diese hier echt waren, merkte Farah allein schon an dem komischen Gefühl, das sich von ihrem Magen aus in ihrem ganzen Körper auszubreiten begann. Echte alte Knochen, in kleine Stücke gebrochen, so als ob vor Farah schon viele andere auf sie getreten wären. Einige waren auch ganz geblieben und Farah erkannte hier ein Bein und da eine ganze Knochenhand, die noch an einem Knochenarm hing. Manche der Knochen konnte sie sogar benennen: Schienbein, Finger- und Zehenknochen, Elle und Speiche. Ohne dass Farah es wollte, drängten sich ihr Bilder von Sehnen, Blutgefäßen und Fleisch auf. Sie presste eine Hand gegen ihren Magen und lehnte sich an die Wand. Ihr war schlecht.

Fraß dieses Spiel Menschen auf, direkt vor den Augen ihrer Mitspieler? Saugte es das Mark aus ihren Knochen, bevor es das, was von ihnen noch übrig blieb, in tiefe Schächte warf?

Ihre Teamkameraden! Wo waren Essie und Alex? Farah richtete sich auf. Eine Welle neuer Angst spülte die Panik hinweg, und als ein lauter Schrei erklang, erschrak sie fast zu Tode. *Alex!*

»Farah!«, rief er. »Farah, wo bist du?«

»Alex!« Farah beugte sich so weit nach hinten, wie sie konnte, damit ihr Schrei senkrecht nach oben aufstieg. »Ich bin hier unten. Wo bist du?«

»In dem Loch neben deinem, glaube ich!« Alex' Stimme klang gedämpft, aber auch erleichtert. »Wir sind wohl in verschiedene Löcher gefallen. Essie?«

»Aua, aua!« Essies Stimme klang hoch und schrill vor Ekel. »Sagt mir bitte, dass diese Dinger nur Plastikdekorationen sind, die Atmosphäre schaffen sollen. Igitt! Ich glaube, ich habe gerade die Hand eines Toten berührt!«

Farah ließ sich gegen die Wand sinken. Vor lauter Erleichterung zitterten ihr die Knie. Sie waren noch am Leben. Sie waren alle noch am Leben!

»Habt ihr eine Idee, wie wir hier rauskommen?«, rief sie und hoffte, dass ihre Stimme nicht so ängstlich klang, wie sie sich fühlte. »Was machen wir denn jetzt?«

»Also, eine Leiter sehe ich nicht. Aber ich lasse mir etwas einfallen«, sagte Alex.

»Und wo ist die Uhr?«, fragte Essie.

»Sie ist bei mir!«, rief Alex zurück. »Sie schwebt über meinem Kopf.«

Farah zupfte an einem Ende ihres Schals herum und schaute auf den Boden, bemüht, die Knochen nicht allzu genau anzusehen. Es mussten ja gar keine Menschenknochen sein (obwohl sie es natürlich waren), sondern … ja, vielleicht Hühnerknochen. Genau: alte vergammelte Hühnerknochen, die irgendein Sultan, der in einem der prächtigen Paläste da oben wohnte, abgeknabbert und in das Loch geworfen hatte. Sie versuchte sie trotzdem nicht anzufassen.

Das war jedoch nicht einfach, denn außer den Knochen gab es hier unten nur Sand. Farah war nie ein großer Fan von Sand gewesen. Er nervte, wenn er in die Schuhe gekommen war und zwischen den Zehen rieb. Und bauen konnte man aus Sand auch nichts Vernünftiges, es sei denn, man hatte außerdem auch noch Wasser …

»Essie, ist an dem Werkzeuggürtel auch ein Seil oder eine Schnur?«, hörte sie Alex rufen.

»Ich schaue mal nach«, antwortete Essie.

Farah hielt die Luft an. Sie hatte das Gefühl, es in diesem Loch nicht mehr lange auszuhalten.

»Ja, da ist eine Schnur«, sagte Essie aufgeregt. »Und jetzt?«

»Die Hände öffnen und schließen sich«, rief Alex aus seinem Loch. »Lege zwei Beinknochen mit Abstand zueinander auf den Boden. Warte, bis sich die Hände geöffnet haben und hänge sie dann quer in die Beinknochen ein. So baust du eine Leiter. Knüpfe die Schnur um die Armknochen, damit die Verbindungen halten.«

»Okay.« Essies Antwort klang zaghaft.

»Du musst das machen, damit du als Erste herauskommst«, erklärte Alex. »Und dann hilfst du uns. Farah, lege deine Knochen zurecht.«

Farah schüttelte sich vor Ekel. Trotzdem rief sie: »In Ordnung.« Sie atmete tief durch und griff nach dem ersten Knochen. Es sind gar keine Menschenknochen, redete sie sich ein. Hastig baute sie nach Alex' Anweisungen ihre Leiter zusammen und wischte sich zwischendurch alle paar Minuten die Hände an Tunika und Hose ab. Dennoch juckten und brannten sie.

»Ich bin rausgekommen!«, verkündete Essie. Sie klang, als sei sie sehr stolz auf sich.

Farah schaute nach oben und entdeckte Essies gerötetes, grinsendes Gesicht.

»Hier ist die Schnur.« Essie warf sie zu Farah hinunter, die sie auffing. »Die Knochen verschmelzen miteinander, wenn man sie zusammenbindet. Es ist total unheimlich, aber offenbar ist das die richtige Strategie.«

Rasch fügte Farah die Knochen zusammen. Sie konzentrierte sich so stark darauf, sich nicht zu ekeln, dass sie gar nicht merkte, wie schnell sie bei ihrer Arbeit vorankam, und überrascht war, als sie feststellte, dass die oberste Sprosse ihrer Leiter schon knapp unter der Oberkante des Lochs war. Sie flitzte die Leiter hoch, sprang heraus und ließ sich flach auf den Boden fallen, wo sie erst einmal nach Luft japste.

»Geht es dir gut?« Essie zog sie auf die Füße.

»Hey, jetzt bin ich dran!«, meldete sich Alex aus seinem Loch.

Essie warf ihm die Schnur hinunter und kurz darauf konnte auch Alex sein Loch verlassen.

Sie schauten sich auf dem Friedhof um. Ihre drei Löcher waren nicht die einzigen. Insgesamt waren 14 Löcher entstanden: zwei nebeneinander verlaufende Reihen von je sechs Löchern, an deren beiden Enden sich jeweils eine größere Grube aufgetan hatte. Wie hatte ein Erdbeben ein derartig symmetrisches Muster entstehen lassen können?

Plötzlich kam Farah darauf, woran sie dieses Muster erinnerte. »Es sind Mancala-Löcher!«, rief sie aus.

»Oh mein Gott!« Alex fasste sich an den Kopf. »Du hast recht.« Er lief zu dem Miniatur-Zeppelin, der immer noch in der Nähe des Friedhoftors schwebte, zog das Blatt mit der Anleitung heraus und kehrte zu den anderen zurück. »Zwölf Löcher, in die man die Spielsteine legt, und zwei größere Schatzhöhlen-Lager an den Seiten, in denen jeder Spieler die Steine sammelt, die er sich anrechnen lassen kann. Ich hätte nie gedacht, dass ich mal eine Riesenversion von Mancala spielen werde!«

»Was ist das?«, fragte Essie.

»Hast du das denn noch nie gespielt? Normalerweise hat man dafür ein dickes Holzbrett mit Mulden. Es ist Ahmads Lieblingsspiel …« Farah spürte wieder den dicken Kloß im Hals. »Wir spielen es immer mit Murmeln.«

»Und wie geht das?«, fragte Essie. Dann schaute sie zum

Himmel hinauf, an dem sich dunkle Wolken zusammenzogen. »Oh nein, nicht schon wieder ein Sturm. Wir haben nicht mehr viel Zeit!« Essies Blick war zu der Uhr weitergewandert, die auf Schulterhöhe neben Alex herschwebte. »Wir müssen …«

Doch noch bevor sie ihren Satz beenden konnte, brach ein weiteres Unwetter über sie herein. Dieses Mal aber wurde nicht Sand herumgewirbelt, nein, es regnete. Nur eben keine Regentropfen, sondern … *Dinge*. Schwere Gegenstände, die beim Aufschlagen tief in den Sand einsanken. Farah suchte hinter einem Grabstein Schutz. War das etwa Hagel? Konnte es in der Sandwüste hageln? Und gleich derartig große Hagelkörner?

Essie und Alex hockten sich neben sie.

Rings um sie herum schlugen die Objekte mit ungebremster Wucht auf. Manche fielen in die Löcher, dass die Knochen unten auf dem Boden nur so klapperten. Dann war der Sturm auf einmal vorbei, genauso plötzlich, wie er begonnen hatte.

In New York hagelte es im Winter auch häufig, doch die New Yorker Hagelkörner waren klein, selbst wenn sie gemein scharfe Kanten hatten.

Die drei Freunde kamen hinter dem Grabstein hervor.

Farah berührte einen der Klumpen, der neben ein Loch gefallen war. Er hatte den Durchmesser eines Esstellers, war aber gar nicht schwer, sondern so leicht wie ein aufblasbarer Wasserball! Sie hielt ihn ins Licht, um ihn besser betrachten zu können, und stellte fest, dass es gar kein allmählich schmelzender Eisklumpen war, sondern ein … *Edelstein*?

»Dies sind die Spielsteine, die wir von Loch zu Loch bewegen!«, stellte Farah fest.

»Ah, dann wisst ihr ja schon, worum es bei dieser Aufgabe geht.« Ein Schatten glitt in ihr Blickfeld.

Die Stimme, die gesprochen hatte, hatte alles andere als angenehm geklungen, eher wie das Quietschen von Kreide auf einer Schultafel. Farah riss den Kopf so schnell hoch, dass ihr davon schwindelig wurde. Als sie wieder scharf sehen konnte, erblickte sie einen Mann, der vor ihnen über dem Boden schwebte. Vielleicht war »Mann« aber auch gar nicht der richtige Ausdruck. Er trug einen Turban und eine lange Tunika, die auf den ersten Blick edel und teuer wirkte. Doch wenn man genauer hinsah, merkte man, dass sie fleckig und ausgefranst war und Mottenlöcher hatte.

Am schlimmsten aber sah das von schulterlangem verfilztem Haar eingerahmte Gesicht aus. Die Augen waren unnatürlich breit, die Haut war von einem ungesunden Grau und ein langer Schnitt zog sich quer über die Kehle. Fasziniert und gleichzeitig angewidert sah Farah zu, wie Blut aus der Wunde in den Hemdkragen sickerte. Der Mann schien das gar nicht zu bemerken.

»Ich«, sagte der Mann, »bin der Ghul Jansher.«

Eine peinliche Gesprächspause entstand.

»Ihr dürft jetzt applaudieren.«

Farah und ihre Freunde schlugen lustlos die Hände zusammen und klatschten ein paarmal, und der hässliche Mann verbeugte sich mehrmals und warf einem nicht vorhandenen Publikum Kusshände zu. »Danke! Danke! Ihr seid zu freundlich!«

»Äh … ja, gern geschehen«, erwiderte Farah. Sie wusste nicht so recht, wie sie mit jemandem sprechen sollte, der ganz offensichtlich nicht mehr am Leben war und andererseits imstande, frei und ohne sichtbare Hilfsmittel in der Luft zu schweben. »Gibt es einen Grund dafür, dass Sie hier sind?«

Wenn das überhaupt möglich war, riss Jansher die Augen jetzt noch weiter auf. »Aber natürlich! Um mit euch zu spielen, mein liebes Kind! Ein ebenbürtiger Gegner für euer Team«, sagte Jansher mit einer weiteren Verbeugung.

Farah erlebte einen dieser eigenartigen telepathischen Momente, den man nur mit sehr guten Freunden erleben kann. Sie war sich sicher, dass die impulsive, unvorsichtige Essie gerade hinter ihrem Rücken die Augen verdrehte und die Zeigefingerspitze an der Schläfe kreisen ließ, und sie konnte nur hoffen, dass der Ghul das nicht sah.

»Ich weiß, dass einer von euch dieses Spiel bereits beherrscht. Dennoch muss ich euch die Regeln erklären. Die Regeln, nach denen wir es hier in Paheli spielen. Ihr wisst, dass es von diesem Spiel viele Varianten gibt, jede mit ihren eigenen Regeln.« Jansher machte einen kleinen Luftsprung und schenkte ihnen ein breites Grinsen. »Wir werden nach den hier geltenden Regeln spielen. Immer wenn euer Team dran ist, sucht ihr ein Loch – also eine Spielmulde – aus, aus dem ihr die Steine nehmt. Dann verteilt ihr im Gegenuhrzeigersinn die entnommenen Steine auf die darauf folgenden Löcher. Ziel ist es natürlich, dabei einen Stein in eure »Schatzhöhle« – also eine der beiden Endmulden – zu manövrieren und insgesamt möglichst viele Steine in eurer Schatzhöhle zu horten. Wenn ihr beim Verteilen im Gegenuhrzeigersinn an der Schatzhöhle des Gegners vorbeikommt, dürft ihr sie überspringen. Gewonnen hat, wer den größten Schatz besitzt. Und wenn euer Team gewinnt, dann bekommt ihr einen Hinweis darauf, worin eure nächste Aufgabe besteht, und das große Spiel geht weiter. Und wenn ihr verliert … na ja, dann bleibt ihr eben für immer hier bei uns, in der Stadt der tausend Türme.«

Farah hatte plötzlich ein Bild vor Augen, von sich selbst, wie sie im Schneidersitz am Fußende von Ahmads Bett saß und eine Spielschachtel aus Holz aufklappte. Anschließend verteilte Ahmad die Murmeln auf die kleinen Mulden, je vier Stück pro Mulde.

»Wie bewegt man denn hier die Steine? Wir können doch nicht ständig in die Löcher hinein- und wieder herausklettern.«

Jansher spitzte die Lippen. »Jansher wird nett zu euch sein. Zeigt auf eure Steine und sie werden gemäß euren Befehlen durch die Luft fliegen.«

Farah nickte.

»Ist euer Team bereit?«, fragte Jansher.

Die Aussicht, mehr Informationen zu erhalten und dadurch schneller ihren Bruder zu finden, spornte Farah an.

Sie nickte entschlossen: »Okay, Jansher. Dann lass uns spielen.«

12

Der Ghul rieb sich die Hände und sah mit seinem unheilvollen Grinsen im Gesicht zu, als Farah Alex und Essie zu sich herwinkte. Die drei begannen dicht an dicht zusammenstehend zu flüstern. Wenn sie bei diesem Spiel gewinnen wollten, mussten sie sich vorher absprechen.

Denn schließlich war Farah eine Mirza.

Und die Mirzas nahmen Spiele ernst.

Während ihre Freunde, wie Farah einmal mehr feststellen musste, Spiele nicht ernst genug nahmen.

»Essie, hör auf, so panisch zu sein, und nimm meine Hand.« Essies kalte, vor Angstschweiß glitschige Hand schloss sich um Farahs. Dennoch konnte Essie nicht aufhören zu zittern. Farah wusste, wie wichtig es war, dass sie sich jetzt alle konzentrierten. »Okay, wir müssen uns eine Strategie überlegen«, flüsterte sie. Obwohl das Flüstern wahrscheinlich gar nicht half, denn mit erwartungsvoller Miene schwebte der Ghul nun ständig um sie herum. Farah gab sich Mühe, ihn zu ignorieren.

Es war ja beinahe klar gewesen, dass hier auch noch ein Ghul auf sie lauerte. Was hätten sie anderes erwarten können nach den Sandstürmen, den sich öffnenden Gräbern und einem Hagel von riesigen bunten Spielsteinen?

»Kannst du ihm nicht sagen, dass er Abstand halten soll? Oder so etwas in der Art?« Essie schlug mit den Armen um sich wie ein aufgeregter kleiner Vogel. »Er macht mich nervös.«

Seufzend drehte sich Farah nach Jansher um, der ihr den Gefallen tat, wenigstens ein wenig zurückzuweichen. Von ihm ging ein furchtbarer Gestank aus, ein schwerer, klebriger, ekelerregender Fäulnisgeruch, der einem geradezu jegliche Lust nahm einzuatmen.

»Jansher«, sprach Farah ihn betont freundlich an, »könntest du uns ein bisschen Platz lassen? Ich finde, es ist nur fair, uns Gelegenheit zu geben, eine Strategie zu überlegen.«

Jansher behielt weiterhin sein unglaublich breites und gleichzeitig starres Grinsen im Gesicht und schwebte zur gegenüberliegenden Lochreihe hinüber. »Aber sicher. Ihr fangt an, sobald ihr so weit seid. Ihr seid hier ja die Gäste.«

Farah zog ihre beiden Freunde noch näher zu sich heran und weg von Janshers neugierigen Ohren. Alex' Brille stieß mit Farahs Nase zusammen und eine widerspenstige Locke fiel ihm in die Stirn. Essies warmer, nach Milch riechender Atem streifte ihre Haut.

Farah konnte sich ein Lächeln nicht verkneifen. Dieses enge Zusammenstehen hatte etwas Vertrautes. So machten sie es immer, wenn sie sich komplizierten Situationen gegenübersahen, so hatten sie sich schon immer beraten, wenn es darum gegangen war, den Eltern einen teuren Ausflug schmackhaft zu machen oder aber zu entscheiden, wer die Verantwortung für Ahmads letzten Trotzanfall übernehmen sollte.

Sie würden diese Aufgabe bewältigen. Denn schließlich war unter ihnen eine Mirza und Mirzas bewältigten ihre Aufgaben immer.

»Ich kenne mich mit diesem Spiel gut aus, also tut, was ich euch sage, okay? Ich habe einen perfekten Plan.«

Essie und Alex nickten.

»Wir machen Folgendes: Alex, du schreibst neben die sechs Löcher auf unserer Seite Zahlen«, ordnete Farah an.

Alex lief los und schrieb Zahlen in den Sand.

»Essie, es gibt eine Methode, mehr Spielrunden herbeizuführen, und das ist genau das, was uns helfen wird. Unser erster Zug wird uns zu einer Extrarunde verhelfen.«

»Wie geht das denn?«, fragte Essie.

»Wenn man seine Steine verteilt und genau so viele hat,

dass der Letzte in der eigenen Schatzhöhle landet, bekommt man eine Extrarunde. Schau mir zu!« Farah zog Essie hinter sich her zu der Löcherreihe. Je früher sie anfingen, desto früher waren sie fertig und konnten sich auf die Suche nach Ahmad machen.

Alex hatte die Löcher nun alle nummeriert.

»Wir sind so weit.«

»Dann wollen wir beginnen«, erwiderte Jansher. »Ich bin für den Sieg bereit.«

Mit durchgedrücktem Rücken und zusammengekniffenen Lippen sah Farah den Ghul entschlossen an. Sie stellte sich vor das dritte Loch auf ihrer Seite und zeigte auf die vier bunten Steine. Sie stiegen auf wie Luftballons und flogen gehorsam genau dorthin, wo Farah hinwinkte. Sie ließ die Steine nach rechts schweben und in die Löcher vier, fünf und sechs fallen und den letzten in ihre Schatzhöhle.

»Sehr hübsch«, bemerkte Jansher leicht verärgert. »Jetzt darfst du noch mal.«

»Was kommt jetzt?«, flüsterte Alex und trat vor, um einen Satz Steine zu bewegen.

»Nimm die aus Loch sechs«, raunte ihm Farah zu.

Alex dirigierte die Steine aus Loch sechs. Einer fiel in ihre Schatzhöhle, die anderen in Janshers Löcher. Inzwischen hatten sie zwei Steine gehortet.

»Ich bin dran!«, rief der Ghul aufgeregt. Er ahmte Farahs

Strategie nach und ließ seine fünf Steine nacheinander in die Löcher auf seiner Seite und den Letzten in seine Schatzhöhle fallen. Auf diese Weise sicherte er sich ebenfalls eine Extrarunde und quietschte vor Vergnügen.

Farah beobachtete ihn ganz genau. Durch das Spielen mit Ahmad hatte Farah gelernt, dass man den anderen nie aus den Augen lassen darf. Bei Ahmad musste man natürlich jeden Moment damit rechnen, dass er sich den Würfel schnappte und ihn nicht mehr hergab, dass er einen Wutanfall bekam, das Spielgeld bei Monopoly grundlos in die Luft warf oder sogar heimlich eine Spielfigur umstellte.

Deshalb wusste Farah, dass die einzige Methode, um bei einem Spiel zu gewinnen, darin bestand … zu spielen. Und zwar ernsthaft und konzentriert.

Jansher verteilte einen weiteren Satz Steine. »Ihr seid wieder dran.«

»Essie, bewege die Steine in Loch zwei«, wies Farah die Freundin an. »Auf diese Weise bekommen wir wieder eine Extrarunde.«

Essie nahm die Schultern zurück und ging zu der Löcherreihe. Sie zeigte auf die Steine und verteilte sie durch Handbewegungen auf die Löcher auf ihrer Seite. Der Letzte fiel in ihre Schatzhöhle.

Und so bekamen sie noch eine Runde und noch einen gesicherten Stein.

Jansher wirbelte nervös durch die Luft. »Ich sehe, dass ihr schon wieder eine Extrarunde machen dürft!«

Farah stellte sich vor das sechste Loch, in dem nur ein einziger bunter Stein lag, und dirigierte ihn in die Schatzhöhle ihres Teams. Dort lagen nun schon vier Steine!

Janshers graues Gesicht wurde immer röter und er gab ein hässliches Quietschen von sich, bei dem sich Farah der Magen umdrehte.

»Wir sind wieder dran!«, stellte Farah fest.

Alex trat neben sie.

»Verteile die aus dem vierten Loch. Wir bekommen dann keine zweite Runde, aber es bringt uns andere Vorteile in den folgenden Runden und vielleicht sogar am Ende den Sieg«, flüsterte Farah ihm ins Ohr.

Alex spielte genau so, wie Farah gesagt hatte, und so kam ein fünfter Stein in ihre Schatzhöhle.

Aufgeregt ging nun Jansher daran zu spielen. Aber er konnte nicht aufholen, in seiner Schatzhöhle lagen nur drei Steine.

Farah machte Essie Zeichen, zu ihr zu kommen, und flüsterte ihr hinter vorgehaltener Hand zu: »Bringe den einzelnen Stein aus dem sechsten Loch in die Schatzhöhle, damit wir noch eine Runde spielen können, und dann übernehme ich.«

Essie strahlte sie an und bewegte den Stein.

Jansher grunzte verärgert.

Inzwischen hatten sie sich sechs Steine gesichert und Farah hatte vor, einen Trick anzuwenden, den sie Ahmad abgeschaut hatte. Sie war immer wütend, wenn ihr kleiner Bruder ihn nutzte, um das Spiel vorzeitig zu beenden. Vor ihrem inneren Auge blitzte sein fröhliches rundes Gesicht auf, während sie zu Loch drei lief und die drei Steine, die darin lagen, verteilte. Der letzte Stein landete in Loch sechs, das sich direkt vor der Schatzhöhle befand.

Jansher wollte zunächst lachen, doch dann verging es ihm gründlich.

»Wir haben hiermit die Steine aus dem Loch gegenüber gewonnen. Aus *Ihrem* Loch«, verkündete Farah stolz. Es war Ahmads Lieblingsregel bei diesem Spiel: Wenn beim Verteilen der letzte Stein in ein leeres Loch der eigenen Seite fällt, bekommt man sowohl diesen Stein als auch alle, die sich im gegenüberliegenden Loch befinden. Im Loch des Gegners.

Darauf war Jansher nicht vorbereitet gewesen. Sein Gesicht hatte inzwischen eine leuchtend rote Färbung angenommen. »Ich protestiere!«, stieß er wütend hervor.

»Nein! Spielregeln sind Spielregeln«, entgegnete Farah. »Die Steine da drin gehören jetzt uns.«

Jansher schäumte vor Wut, gab aber seine sechs Steine heraus.

Somit waren in ihrer Schatzhöhle jetzt zwölf Steine, in seiner nur drei.

Jansher konnte sie nicht mehr besiegen.

Erwartungsvoll schauten sie ihn an. Er kochte förmlich.

Einen Augenblick lang war es, als würde die Luft stillstehen.

Im nächsten Augenblick gab der Geist einen unglaublich lauten brüllenden Schrei von sich. Farah presste die Hände auf die Ohren, Essie zog entsetzt den Kopf ein und Alex duckte sich auf den Boden.

Die Knochen in den drei Gruben fingen an, sich von selbst zu vollständigen Skeletten zusammenzusetzen, wurden lebendig und versuchten, an den Wänden der Löcher emporzuklettern. Das Geklapper und Gerassel, das dabei entstand, hörte sich noch furchtbarer an als vorher der Schrei des Ghul.

Essie, Alex und Farah wichen von den Löchern zurück und kickten die Knochenhände weg, die nach ihren Füßen griffen.

Der Ghul verzog sein Gesicht zu einem dämonischen Grinsen.

»Sie haben verloren!«, rief Farah.

»Wir haben gewonnen«, sagte Alex. »Wir haben gewonnen!«

Jansher gab ein grässliches Geräusch von sich und Farah

brauchte ein paar Sekunden, um zu begreifen, dass es ein Zähneknirschen war.

»Wir haben gewonnen«, wiederholte Essie, die Hände auf die Hüften gestützt. »Sie müssen uns den Hinweis verraten!«

Jansher zischte und knurrte und ballte die Fäuste. Vor Wut zitterte er am ganzen Körper. Allmählich aber wurde Farah bewusst, dass nicht nur der Ghul zitterte: Der Boden zitterte ebenfalls leicht, und das ließ weitere schwerere Beben befürchten.

Auf einmal blitzten die bunten Spielsteine im Tageslicht hell auf, nur um gleich darauf vom Boden mit einem widerlichen rülpsenden Geräusch verschlungen zu werden. Die Löcher füllten sich mit Sand auf, die Skelette standen einen Augenblick lang wie erstarrt und zerfielen dann klappernd in ihre Bestandteile, die bald von den rasch auf sie zuwandernden Dünen bedeckt wurden.

Essie gab einen Triumphschrei von sich, während Farah sich auf ein Siegeslächeln beschränkte. Sie hatten gewonnen. Sie hatten tatsächlich gewonnen.

Endlich sah es für sie ein bisschen besser aus.

Jansher warf ihnen ein gefaltetes Blatt Papier zu und Alex fing es noch in der Luft auf.

Der Friedhof begann sich aufzulösen. Es war, als risse ein Teppich unter ihren Füßen entzwei. Alles, auch die Grabsteine und Grabplatten, wurde zu Sand. Genau wie es die Regeln angekündigt hatten.

Essie sah sich entsetzt um. »Was …?«

»Nicht reden, laufen!« Farah rannte los. Jansher stieg in die Luft auf wie ein Drachen und schien ihnen folgen zu wollen.

Farah lief und lief und drehte sich nicht mehr um. Ihr war, als würde sich die Welt um sie herum zusammenfalten. Aus dem Augenwinkel bemerkte sie, dass Alex stolperte. Sie wirbelte herum und sah, dass er mit einem Fuß hängen geblieben war. Hinter ihm war nichts mehr, nur noch leerer Raum. Sein Gesicht war bleich vor Angst.

»Farah!«, rief er.

Bevor sie zu ihm zurücklaufen konnte, war Essie schon bei ihm, schrie: »Ich hab dich!«, und zog an seinem Arm. Sein linker Fuß kam frei und er taumelte vorwärts, nur Sekundenbruchteile bevor der Boden, auf dem er gestanden hatte, auseinanderbrach.

Hinter sich hörten sie ein lautes Zischen. Essie drehte sich um. »Es ist der Ghul!«

Mit zornrotem Gesicht und einem teuflischen Grinsen raste Jansher hinter ihnen her. Sie versuchten, ihn abzuschütteln, doch er war zu schnell. Er bewarf sie mit Steinen und sie hatten fast das Gefühl, an seinem Gestank zu ersticken.

Ehe sie es sich versahen, hatte er sie durch das Tor aus der Stadt hinausgejagt.

Atemlos blieben sie stehen und drehten sich um. Sekundenlang sahen sie hinter sich nur das große Tor, den rötlich schimmernden Himmel und riesige Dünen. Sie liefen weiter, tief in den Basar hinein, um Jansher zu entkommen.

13

Niedergeschlagen, ausgehungert, mit Sand und Schweiß verklebt und vollkommen erschöpft streiften Farah und ihre Freunde durch den Basar.

Am vergangenen Abend war ihnen dieser wie ein magischer Ort erschienen. Obwohl sie von der Menge hin und her geschoben worden waren und ständig befürchten mussten, einander zu verlieren, hatte Farah jeden Moment in dieser fremden, schillernden Welt genossen. Allerdings genoss es sich leichter, wenn man den Magen voller Geburtstagsparty-Leckereien hatte und frische saubere Kleidung trug.

Nun aber wollten sie nur noch zu dem geheimnisvollen Tor zurückfinden. Farah machte sich immer mehr Sorgen um Ahmad und hätte am liebsten sofort die Karte ausgerollt, um herauszufinden, wo er sich gerade befand. Doch ihr war klar, dass sich ihre Freunde erst einmal erholen mussten, bevor sie auf die Suche nach Farahs kleinem Bruder aufbrechen konnten.

Die laut und heiser schreienden Straßenverkäufer, die Marktstände, die Tonnen voller Gewürze, die über den Boden kriechenden Tiere waren jetzt keine Attraktionen mehr, sondern einfach nur lästige Hindernisse auf ihrem Weg.

»Gute Arbeit!«

Alle drei wirbelten herum, doch hinter ihnen stand niemand. Farah schaute nach unten und gab den anderen ein Zeichen mit dem Kopf. Ein mit Dreck verschmierter Betteljunge grinste sie an und klatschte in die Hände. Farah fand, dass er Ahmad ein bisschen ähnlich sah. Bei seinem Anblick durchfuhr ein Schmerz ihre Brust. Sie musste ihren Bruder endlich finden!

»Na, wenigstens *jemand* hat Spaß daran gehabt«, grummelte Essie.

Alex freute sich offenbar mehr über die Anerkennung. »Hey, danke«, sagte er.

»Essie, gib ihm eine Münze«, sagte Farah. Sie fühlte sich in derartigen Situationen immer unbehaglich. Zum Glück aber war ihr eingefallen, dass Madame Nasirah ihnen etwas Geld zugesteckt hatte.

»Äh, warum?«, entgegnete Essie. »Wir brauchen es doch selber, um uns etwas zu essen zu kaufen. Ich habe Hunger!«

»Tu es einfach«, erwiderte Farah.

Widerwillig holte Essie die Goldmünzen aus dem Täschchen im Werkzeuggürtel hervor und reichte sie Farah. Farah hoffte, den Wert des Geldes ungefähr einschätzen zu können, und legte ein paar Münzen auf die ihr entgegengestreckte Handfläche des Jungen. »Hier. Vielleicht kannst du dir damit eine Samosa kaufen oder so etwas in der Art.«

Der Junge legte eine Hand an seinen verstrubbelten Haarschopf, wie zu einem lässigen Gruß. Gleich darauf aber sah er Farah ernst an.

»Weißt du, Jansher denkt, dass du wie sie aussiehst. Ich finde aber, dass du ihm viel ähnlicher bist«, sagte er.

»Äh, was soll das denn heißen?«, fragte Alex.

»Wem … *ihm*?«, wollte Farah wissen. »Hast du meinen Bruder gesehen?«

Aber der Bettlerjunge war schon wieder davongelaufen und in der Menschenmenge untergetaucht.

Farah wäre ihm am liebsten gefolgt, doch nun erklang vom Minarett her ein lautes Donnern, das im Basar widerhallte. Alex schaute auf die rechts neben ihm schwebende Uhr. Genau in dem Moment drehte sich die Sanduhr um. Von diesem Augenblick an hatten sie eine Stunde Zeit, um zum Austragungsort der nächsten Herausforderung zu gelangen.

»Er gönnt uns nicht einmal eine Pause«, beklagte sich

Essie. Schweiß und Tränen hatten Linien über ihr staubverschmiertes Gesicht gezogen. Farah fand es ziemlich beunruhigend, dass ihre sonst so abenteuerlustige, selbstsichere Freundin derart geknickt war.

»Ich bin auch müde«, murmelte Alex. Er sah aus, als hätte er sich am liebsten sofort irgendwo hingelegt und geschlafen.

Farah biss die Zähne zusammen und wich einem achtlos entgegenkommenden Passanten aus. Wenn ihr noch ein bisschen Energie geblieben wäre, hätte sie ihre Freunde angeschnauzt.

Aber es war ja nicht so, dass sie sich freiwillig auf dieses Spiel eingelassen hatten.

Es war ja nicht so, dass sie, die stillschweigend zur Anführerin erklärt worden war, gewollt hatte, dass es so kam, wie es gekommen war.

Andererseits wollte sie unbedingt gewinnen. Sie wollte den Würfel in ihrer Hand spüren und wissen, dass sie ihm die richtige Zahl entlocken konnte.

Und sie musste Ahmad finden. Sie fragte sich, ob sie ihren kleinen Bruder, sobald sie ihn gefunden hatte, schütteln würde, bis seine Zähne klapperten, oder ob sie ihn im Gegenteil abküssen und an sich drücken würde, bis er keine Luft mehr bekam.

Aber so oder so: Sie würden wieder zusammen sein.

Und dem Abenteuer unbeschadet entrinnen.

Farah und Ahmad, Ahmad und Farah.

Und das würde der größte Sieg von allen sein.

Ihr Gesicht brannte, sie fühlte sich vollkommen ausgedörrt und hatte überall schmerzhafte blaue Flecken. Und außerdem hatte sie überall … Sand. Und er war zwischen den Zähnen ebenso unangenehm wie zwischen den Zehen.

Auch besserte es ihre Laune nicht, dass sie ständig das nagende Gefühl verspürte, dass sie irgendetwas übersehen hatten. Oder irgendjemanden. Oder dass irgendjemand sie beobachtete. Ein seltsames Kribbeln im Nacken, so als ob ihnen jemand folgte. Und wenn sie schnell den Kopf wendete oder sich umdrehte, sah sie nichts und niemanden – außer einer Bewegung am Rande des Blickfelds und manchmal auch ein Aufblitzen. Irgendetwas Grünes. Smaragdgrünes.

»Also, Leute«, sagte sie, als sie an einem Marktstand voller bunter Sandalen vorbei um eine weitere Ecke bogen. »Wir müssen uns ein Plätzchen zum Ausruhen suchen, wo wir ein wenig Atem schöpfen können. Dann rollen wir noch mal die Karte aus, um nachzusehen, wo Ahmad steckt und wo die nächste Herausforderung auf uns wartet.«

Essie blies sich eine lockige Strähne aus dem Gesicht und entgegnete lustlos: »Ja, klar, weil es hier so viele ruhige Plätzchen gibt.«

»Also, bei mir wäre genug Platz.«

Erschrocken klammerte sich Essie an Farahs Arm.

Genau so wie gestern, als sie im Sandsturm durch den Basar geirrt waren, stand plötzlich eine Frau vor ihnen.

Wieder war sie in eine dicke Rüstung aus Röcken, Tuniken und Schals gehüllt, und Farah kam es vor, als seien seit dem Morgen noch mehrere Lagen Stoff hinzugekommen.

»Madame Nasirah!«, sagte Alex erstaunt und rückte seine Brille zurecht.

Die Frau beugte sich zu ihnen hinunter und wirkte verblüfft.

»Ja, so heiße ich tatsächlich. Woher wisst ihr das?«

Farah, Essie und Alex sahen sich fragend an.

»Sie erinnert sich nicht an uns«, flüsterte Alex.

»Ach, ist ja auch egal«, meinte die Frau. »Ich glaube, ich habe genau das, was ihr jetzt braucht. Ich bin die Wächterin des Spiels. Folgt mir.«

Mit einer eleganten, aber auch etwas hastigen Geste streckte sie einen Arm aus und wies auf die schmale, niedrige Tür, die in ihre Teestube führte.

Farah hatte das eigenartige Gefühl, genau diese Szene schon einmal erlebt zu haben. Alex zog die Augenbrauen hoch, Essie legte neugierig den Kopf schief.

»Äh … Madame Nasirah? Geht es Ihnen gut?«, fragte Farah zögerlich.

Die Frau ließ ihren Arm sinken, so als habe die Frage sie völlig überrascht. »Ja, natürlich. Warum sollte es anders sein?«

»Es ist nur …« Verlegen versuchte Farah, sich den Sand aus dem Gesicht zu reiben, für den Fall, dass sie dadurch vielleicht anders aussah. »Sie scheinen uns nicht wiederzuerkennen.«

»Euch wiedererkennen?« Madame Nasirah machte einen Schritt auf sie zu. »Warum sollte ich euch kennen?« Sie besah sich Farahs Gesicht aus der Nähe.

»Erinnern Sie sich denn nicht?«, versuchte es Farah erneut. »Wir suchen nach meinem kleinen Bruder Ahmad. Wir glauben, dass er hier vorbeigekommen ist …«

»Ja, ja.« Madame Nasirah bedeutete ihr mit einem Wink, dass weitere Erklärungen überflüssig waren. »Natürlich, natürlich. Verzeiht mir, Kinder. Vielleicht ist es mir unter meinen Sachen zu warm geworden und die Hitze schlägt mir aufs Gehirn.«

Sie scheuchte sie vor sich her in die Teestube und murmelte irgendetwas davon, dass sie sich vielleicht doch zu viele Schals umgelegt hatte, zu viele für einen so schönen warmen Tag. Farah kam ihr ganzes Verhalten gekünstelt und auch irgendwie unheimlich vor. Sie hatten die Nacht in ihrem Haus verbracht und bei ihr gegessen. Der Umstand, dass der einzige Mensch, der hier in dieser Welt freundlich zu ihnen gewesen war, sich nur wenige Stunden später nicht mehr an sie erinnern konnte, war beunruhigend.

»Macht es euch bequem. Ich koche uns Tee.«

Madame Nasirah legte Kissen auf den Boden. Sie waren wunderbar weich und groß, reich bestickt und mit kleinen Spiegeln und Perlen verziert. Essie flitzte zu einem, ließ sich bäuchlings darauffallen und stöhnte behaglich: »Oh! Endlich!«

Farah setzte sich vorsichtig hin und spürte dabei jeden einzelnen Muskel. Sie versuchte, ihren Körper dazu zu bringen, locker zu lassen, doch die Anspannung klammerte sich förmlich an sie, und das erinnerte sie an die Hände der Skelette, die vorhin versucht hatten, nach ihren Knöcheln zu greifen. Sie sah sich in der Teestube um, die ihr vertraut und gemütlich vorkam. Bald aber fielen ihr die Schatten in den Ecken ein und sie fragte sich, was sich dort wohl verbarg. Wieder hatte sie das Gefühl, dass sie beobachtet wurden. Aber im Grunde konnte ihr das egal sein, sie hatte schlimmere Sorgen.

»Okay, hört mal zu: Wir haben nicht viel Zeit. Wir müssen versuchen, Ahmad auf dem Weg zur nächsten Herausforderung zu finden. Wo ist die Uhr? Wie viel Zeit bleibt uns noch?«

Alex reichte sie herüber. Er sah furchtbar müde aus. »Meine Brille ist so zerkratzt, dass ich kaum noch etwas sehe. Der Sand ist überall hingekommen, also wirklich *überall* hin.«

»Verschone uns mit den Einzelheiten«, fauchte Essie ihn an.

Farah verdrehte die Augen. Sie betrachtete die Uhr. Eine Weile ließ sie sich von deren zahlreichen Hebeln und Anzeigen ablenken, doch dann bemerkte sie, dass bereits ein Viertel der Sandmenge durchgelaufen war. Sie hatten zu viel Zeit vergeudet.

»Das ist nicht gut«, murmelte Alex. »Wir müssen in der Stadt schneller vorankommen.«

»Wo ist das Blatt Papier, das uns Jansher gegeben hat?«, fragte Farah.

Alex holte es aus der Tasche, faltete es auseinander und las vor: »*Mitunter sind Träume alles, was man hat. Sucht den Ort, an dem sie wie Bienen umhersummen und wie Wolken dahinschweben.*«

»Was soll das denn heißen?«, fragte Essie.

»Und wo soll das sein?«

»Es ist der Palast der Träume«, rutschte es Madame Nasirah heraus. »Ups! Oh nein!« Sie duckte sich, so als befürchte sie einen Blitzschlag oder eine ähnliche, plötzlich von oben kommende Strafe. »Ich darf euch eigentlich gar nicht helfen.« Sie stellte ein Tablett vor sie hin. Der verführerische Duft von gebratenem Fleisch, Gewürzen und einem Hauch Zitrone wehte Farah in die Nase. Sie hatte es furchbar eilig, weiterzumachen, doch ihr Magen fand, dass nun eine Mahlzeit fällig war, und knurrte hörbar. *Verräter!*

»Wir sollten gehen«, drängte sie. »Wir haben schon fünfzehn Minuten verloren.«

»Ach, das ist aber schade«, meinte Madame Nasirah. »Ich dachte, ihr solltet etwas essen, bevor ihr weitermüsst.«

Auf dem Tablett standen drei Tonteller mit wunderbar fluffigem warmem Couscous, geschmortem Gemüse und Lammkoteletts.

»Ach je«, seufzte Farah. Couscous war noch nie ihr Lieblingsgericht gewesen. Wer wie sie aus Bangladesch stammte, aß viel lieber Reis, natürlich Basmati, das Erste, was kleine Kinder nach der Muttermilch zu essen bekamen. Doch jetzt war ihr Magen ganz leer und verkrampft und ihr wurde von dem berauschenden Duft des Coucousgerichts beinahe schwindelig.

Alex ließ sich ein Glas Tee einschenken und Essie griff nach einem Teller.

»Tut mir leid, Farah«, meinte sie, »jetzt müssen wir erst mal was essen.«

Madame Nasirah runzelte zunächst die Augenbrauen, aber dann lächelte sie die drei an und forderte sie auf, kräftig zuzulangen.

Farah zog die Karte hervor und rollte sie aus. Der Palast

der Träume leuchtete wie ein gefallener Stern auf der fünften Ebene der Stadt. Mit dem Finger fuhr Farah den Weg nach, der sie von der Teestube durch den Basar und das Stadttor und dann über fünf Treppen zum Palast hinauf führen würde.

»Der Friedhof ist verschwunden!«, stellte Farah fest. Wo er gewesen war, waren jetzt nur noch Dünen eingezeichnet. Darüber stand der krakelige Schriftzug: *Die leere Ödnis*.

Während ihre Freunde weiteraßen, suchte Farah auf der Karte nach ihrem Bruder. Endlich entdeckte sie Ahmads wild herumtanzende Figur mitten in der Stadt. Gerade befand er sich auf der vierten Ebene, direkt vor Sandesh's Süßwarenladen. Na klar. Sie berührte die Figur mit dem Finger und wünschte sich, sie könne ihm irgendwie mitteilen, dass er bleiben sollte, wo er war.

»Farah!« Alex winkte ihr mit einem Lammkotelett zu. Essie sah kurz von ihrem Teller auf, die Backen so vollgestopft wie ein Hamster. »Iss was, bevor es kalt wird.«

Seufzend rollte Farah die Karte zusammen und steckte sie in ihre Tasche zurück. »Okay, aber wir müssen uns beeilen.« Zuerst kostete sie nur ein bisschen, aber dann überwältigte sie doch noch der Hunger und sie haute tüchtig rein.

Kaum dass sie ihre Teller leer gegessen hatten, tischte Madame Nasirah ihnen Dattelkekse und frisch gebrühten

Pfefferminztee auf. Farah wollte nichts davon. Ungeduldig wartete sie, während sich die beiden anderen für den köstlichen Nachtisch Zeit ließen. Farah packte ihre Kekse lieber in eine Serviette ein, deren Enden sie fest zuknotete. Wer weiß, vielleicht hatte Ahmad die ganze Zeit über nichts zu essen bekommen.

»Lasst uns jetzt gehen!«, sagte sie schließlich. Sie bedankten sich bei Madame Nasirah, winkten ihr zum Abschied und stürzten sich wieder in den Basar.

Als sich Farah ein letztes Mal nach ihrer Gastgeberin umdrehte, fiel ihr auf, dass die Frau besorgt aussah. Vielleicht machte ihr diese plötzliche Erinnerungslücke doch auch irgendwie zu schaffen.

»Na, dann los, auf zum Stadttor«, seufzte Essie.

»Wie viel Zeit bleibt uns?«, erkundigte sich Farah bei Alex.

Er sah auf die neben ihm schwebende Uhr. »Zwanzig Minuten.«

Farah verzog das Gesicht. »Wir haben uns wirklich zu viel Zeit gelassen. Jetzt können wir nicht mehr nach Ahmad suchen.«

Essie legte ihr eine Hand auf die Schulter. »Aber wir werden nach ihm suchen, ganz bestimmt. Lass uns erst einmal diese zweite Herausforderung hinter uns bringen. Danach ziehen wir sofort los.«

Dieses Mal blieben sie auf dem Weg zum Stadttor nicht an den Marktständen stehen, nicht einmal vor den allerseltsamsten Waren. Um abzukürzen, liefen sie durch die engen Hintergassen und sprangen über Pfützen von weggekipptem Spülwasser. Sie kamen gut voran, und dennoch hatte Farah das Gefühl, dass irgendetwas furchtbar schieflief. Es kam ihr vor, als würden ihnen heimlich die Schatten aus Madame Nasirahs Teestube folgen. Was, wenn das Jansher war oder seine Armee von Skeletten?

Irgendwann hielt Farah es nicht mehr aus und geriet in Panik. »Lauft!«, schrie sie ihren Freunden zu, die im ersten Moment verblüfft stehen blieben. »Lauft, los! Ich glaube … nein, ich bin mir ganz sicher: Wir werden verfolgt!« Alex machte den Mund auf, um etwas zu erwidern, doch sie ergriff seine Hand und sagte: »Vertraut mir einfach.«

Sie stürmten los, als ginge es um ihr Leben. Sie flitzten um die Stände herum und warfen aus Versehen einen Karren voller Kakifrüchte und Granatäpfel um. Zu allem Überfluss rutschte Essie auch noch auf den Früchten aus. Der Obstverkäufer schrie ihnen wütend hinterher und schüttelte eine Faust.

Alex und Farah rannten zurück, um Essie mit sich fortzuziehen, die schnell ein paar Münzen hervorgeholt und auf das Obst geworfen hatte.

Sie rannten durch das Stadttor und bald darauf zog Farah sie in eine Nebengasse. Aneinandergelehnt verschnauften sie ein paar Sekunden lang.

»Was war denn los?«, fragte Alex keuchend.

»Ich glaube, Jansher hat uns verfolgt. Oder die Skelette. Oder irgendjemand anderes.« Plötzlich kam sich Farah ein bisschen albern vor. Sie musste sich unbedingt zusammenreißen, denn nun wartete eine weitere Herausforderung auf sie, und zwar schon bald. Ein Blick auf die Uhr verriet ihr, dass das Minarett jede Sekunde Funken sprühen konnte.

»Sollen wir weiter?«, fragte Alex.

»Ja, ich denke schon«, sagte Farah.

Essie holte noch einmal tief Luft. Dann grinste sie. »Nichts wie los!«

Die drei hakten sich unter und machten einen gemeinsamen Schritt nach vorne. Genau in dem Moment, in dem die Sohlen ihrer Turnschuhe den Boden berührten, fiel etwas vom Himmel – aber es war kein Regen.

14

Anstatt des beruhigenden Plätscherns von Regen erklang das wütende Heulen eines Sandsturms. Die Sandkörner fegten über die Dächer und rieben sich an den rasch zugezogenen Fensterläden. Der Wind zerrte und zog an den Menschen, die sich noch im Freien aufhielten, und hätte eine Frau beinahe umgerissen.

»Nicht schon wieder!«, stöhnte Alex laut.

Essie musste gegen die Wucht des Sturms ankämpfen, um aufrecht stehen zu können. »Das ist Absicht! Das Spiel tut alles, damit wir Zeit verlieren.«

Farah konnte nicht antworten. Der Wind drückte ihr den Schal ins Gesicht, sodass sie kaum noch etwas sah, und der Sand rieb sich an ihren ohnehin schon wunden Wangen und zupfte an ihren Haaren. Zu allem Überfluss rutschte sie beim nächsten Schritt auch noch beinahe aus. Als sie ihren Schal zurechtzog und nach unten schaute, entdeckte sie am Boden einen vertrauten Gegenstand.

»Eine Murmel?« Farah beugte sich hinunter und wurde dabei fast vom Wind umgeworfen. Ihr war, als höre sie in ihrem Kopf Ahmads Stimme:

Lass uns noch mal spielen.

Dieses Mal bekommst du die guten Murmeln.

»Farah, was machst du da?«, fragte Essie, der ihre langen roten Haare um den Kopf wirbelten. Alex hatte sich gebückt und versuchte, sein Gesicht mit den Armen vor den Sandkörnern zu schützen. »Wir müssen hier weg und uns in Sicherheit bringen!«

Farah machte sich daran, den Gegenstand auszugraben. Es war gar keine Murmel, sondern da war noch etwas Metallisches, im Boden Verankertes. Konnte es … »Ich glaube …« Der Wind riss ihr Stimme und Atem weg. Sie räusperte sich und versuchte nochmals, gegen ihn anzuschreien. »Ich glaube, ich habe den Ausgang gefunden!«

Ihre Finger umschlossen den kugeligen Knauf und sie zog mit aller Kraft daran. Der Deckel war schwer, aber der Wind half ihr sogar, ihn anzuheben. Darunter kam ein dunkler Schacht zum Vorschein, der Farah angesichts des tobenden Sturms wie ein sicherer Unterschlupf erschien.

»Ich weiß nicht, ob wir da wirklich hinuntersteigen sollten …«, begann Alex. Doch Essie nahm ihm die Entscheidung ab, indem sie ihn einfach hineinschubste. »Los, los, los!«, drängte sie und zerrte Farah hinter sich her. Hastig zogen sie den Deckel über sich zu.

Während sie noch verschnaufte, tastete Farah sich ab.

»Ich habe nichts verloren«, stellte sie erleichtert fest. »Essie?«

»Nein, keine Knochen gebrochen, und auch am Werkzeuggürtel fehlt nichts. Ich glaube, wir sind gut davongekommen. Alex?«

Keine Antwort. In der Ferne war ein stetes leises Tropfen zu hören.

»Alex?«, versuchte Essie es noch einmal.

Endlich antwortete der Junge, aber seine Stimme klang zittrig: »Äh, Leute? Merkt ihr auch, dass irgendetwas komisch ist?«

»Wir haben in einem Gully Schutz vor einem Sandsturm gesucht«, erwiderte Farah seufzend. »Meinst du das oder etwas noch Komischeres?«

Essie ergriff ihren Arm. »Ich weiß nicht, Farah, ich glaube, er hat recht. Ich spüre auch etwas … Es ist, als würden wir beobachtet …«

Sie klang so ernst, dass Farah eine Gänsehaut bekam. »Denkt ihr, die Karte funktioniert auch unter der Erde?«, fragte sie. »Vielleicht kann sie uns helfen, hier rauszufinden!«

»Aber wir können hier unten doch sowieso nichts sehen!«, wandte Alex ein.

»Ist im Werkzeuggürtel auch eine Taschenlampe, Essie?«, fragte Farah die Freundin.

»Moment, ich schau mal nach.« Essie fummelte an dem Gürtel herum und dabei rutschten ein paar Dinge heraus und gingen in der Dunkelheit verloren. »Ich glaube, ich habe da etwas.«

Essie zog es heraus.

Eine Taschenlampe ging an und ihr nach vorne gerichteter Strahl leuchtete … auf eine Unzahl von Augen! Große Augen, mit rotem, grünem, gelbem Augapfel. Und entschieden keine menschlichen Augen.

Sie waren in einem Eidechsennest gelandet.

15

Farah hatte keine Angst vor Eidechsen, im Gegenteil: Sie hatte eine heimliche Schwäche für die Tiktikis, die kleinen grünen Geckos, die wie lebendiger Zimmerschmuck an den Wänden des Hauses ihrer Großmutter in Bangladesch auf Insekten gelauert hatten. Sie waren lautlos und unglaublich flink. Sie hatte auch immer mal wieder versucht, eine zu fangen, obwohl sie gewusst hatte, dass sie dabei riskierte, plötzlich nur noch einen zappelnden Eidechsenschwanz in der Hand zu halten. Es war allzu verlockend gewesen, mit dem Finger sachte an ihrem faltigen Rücken entlangzufahren und das Klopfen des winzigen Herzens in der Hand zu spüren. Die Tiktikis waren sehr ruhige und vertrauenerweckende Zeitgenossen. Außerdem gab es eine Sage, der zufolge ein Gecko mit seinem »Tik tik tik« bestätigte, wenn jemand die Wahrheit sagte.

Manchmal hatte sie sich sogar gewünscht, einen eigenen Gecko zu haben, der ihr zur Seite stand, wenn Ahmad mal wieder zu Unrecht behauptete, sie hätte ihn gezwickt oder mehr als den ihr zustehenden Anteil von Tante Zohras Reispudding gegessen.

Doch die Eidechsen, denen sie sich jetzt gegenübersahen, waren nicht die winzigen niedlichen Tiktikis, die Farah aus Bangladesch kannte, sondern wirklich riesige Echsen. Und es waren unheimlich viele. Manche klebten wie Geckos an den Wänden, andere standen am Boden oder lagen sogar auf dem Rücken und streckten die Zehen in die Luft.

»Hallo«, begrüßte Farah sie vorsichtig.

»Äh … ja, hi, wir sind in friedlicher Absicht hier«, sagte Essie.

Farah spürte, dass Alex neben ihr zitterte.

Die Eidechsen zeigten keinerlei Reaktion. Bis eine plötzlich lässig die Zunge herausstreckte und sich damit über Schnauze und Augen fuhr.

Essie wich ängstlich zurück. »Ich kann nicht mehr, ich will hier raus!« Sie griff nach dem Gullydeckel über ihr, doch Farah nahm ihre Hand.

»Hast du vergessen, dass da oben ein Sandsturm wütet? Er kann uns bei lebendigem Leib begraben«, sagte sie.

»Also, wenn ich die Wahl habe zwischen lebendig begraben oder von Rieseneidechsen gefressen zu werden, dann ist mir lebendig begraben lieber. Vielleicht kommt ja jemand mit einer Schaufel vorbei und gräbt mich wieder aus.« Essie biss die Zähne zusammen, stellte sich unter den Deckel und versuchte, ihn mit einer Schulter hochzustemmen, während Farah versuchte, sie daran zu hindern. Schwer atmend starrten sie einander wütend an.

»Wir haben keine Zeit, gegeneinander zu kämpfen«, sagte Alex und ergriff Farahs Unterarm.

Als ob sie auf ein vorher verabredetes Signal gewartet hätten, stellten sich jetzt alle Eidechsen an den Wänden des Schachts in Positur und wandten ihnen die Köpfe zu. Farah musste unwillkürlich an eine feierliche Ehrengarde denken. Gleich darauf trat eine einzelne Eidechse auf sie zu.

Ihr Kopf überragte die drei Freunde um beinahe einen Meter. Zweifellos war sie groß genug, um ein Kind zu fressen. Oder zwei. Oder sogar drei.

»Farah, geh von dem Deckel weg«, flüsterte Alex ihr ins Ohr. »Sofort, bitte!«

Doch Farah blieb einfach stehen und starrte weiter die Eidechse an – die größte, die sie bisher gesehen hatte. Das Tier war riesig, nicht ganz so groß wie das Filmmonster Godzilla, aber doch um einiges größer als ihre übrigen Artgenossen. Essie und Alex versuchten, Farah rückwärts Richtung Wand zu zerren, während die Eidechse immer näher kroch.

Als sie nur noch einen halben Meter von Farah entfernt war, blieb die Rieseneidechse stehen und zwinkerte ihnen zu.

»Alex«, stieß Essie leise hervor, ohne die Lippen zu bewegen, »weißt du, ob Geckos Fleischfresser sind?«

Alex hatte seine Augen fest zugekniffen. »Insekten«, raunte er. »Mehlwürmer, Heuschrecken. Dicke harte Käfer, die sich nur schwer zerkauen lassen.«

»Aber doch bestimmt keine Kinder, oder?«, fragte Essie.

Farah hätte am liebsten beiden einen Rippenstoß verpasst, wagte aber nicht, sich zu bewegen. Schon allein deshalb nicht, weil die Eidechse sie – und zwar nur sie – mit ihren schaurig schönen, golden glitzernden Augen anstarrte. Nach ein paar Sekunden neigte sie den Kopf und öffnete das Maul.

»Als ihr herkamt, wusste ich, ihr werdet euch bewähren.« Die Stimme der Eidechse klang selbstbewusst und bestimmt und gleichzeitig unerwartet freundlich. Ja, geradezu stolz – als ob das Tier stolz auf sie sei! Auf jeden Fall aber hörte sich die Eidechse nicht an wie jemand, der sie auffressen wollte. Farah schöpfte neue Hoffnung.

»Spricht da … War das die Eidechse?«, fragte Essie und schnappte nach Luft.

»Ob ich spreche? Ja. Ich mache das von Zeit zu Zeit.« Die Eidechse klang nun eindeutig amüsiert. »Auf Partys kommt das immer ganz gut an.« Die Eidechse kroch ein Stück näher auf Farah zu, den Blick immer noch auf sie geheftet. Was hatte Madame Nasirah gesagt? Dass die Eidechsen ihre Freunde waren? Vielleicht stimmte das ja sogar.

»Wo sind wir?« Farah hatte ihre Sprache wiedergefunden.

Diese Frage schien die Eidechse zu überraschen. Sie blinzelte, rollte mit den Augen und schnaubte leise. Farah überlegte, ob das Tier etwas gerochen hatte, einen Duft, der sich mit dem Geruch des modrigen Schachts und ihres Angstschweißes vermischt hatte.

»Willkommen im Bauch von Paheli! Und sag deinem Freund, dass er aufhören soll, in seinen Ärmel zu wimmern. Ich fresse keine Kinder!«

Als sich Farah umdrehte, sah sie Essie, die beruhigend über Alex' Rücken strich und ein Gesicht machte, als wolle sie sagen: *Das behaupten sie immer, bevor sie einen verschlingen!*

Farah schluckte und versuchte, sich zusammenzureißen. Sie war die praktisch Veranlagte des Trios, sie war diejenige, die Dinge erledigte. Sie konnte am diplomatischsten sein. Zur Not auch gegenüber einer riesigen Eidechse.

»Äh, Majestät …«

Die Eidechse lachte ein raues, kehliges Lachen und Farah zuckte erschrocken zusammen.

»Ach, bitte! Ich bin keine Eidechsenkönigin oder sonst was in der Art. Ich heiße Henrietta. Henrietta Peel.«

»Henrietta Peel«, wiederholte Farah vorsichtig. Damit hatte sie nicht gerechnet.

Henriettas Zunge glitt aus der Schnauze und leckte ein Auge sauber. Farah unterdrückte ein Schaudern.

»Dies hier sind meine Freunde. Wir alle sind Mitglieder der Außerordentlichen Widerstandsliga«, erklärte Henrietta.

Nun krochen auch die anderen Eidechsen näher und nickten Farah höflich zu. Sie nickte zurück. Dann erst begriff sie, was sie gerade gehört hatte.

»Widerstandsliga? Heißt das, ihr seid … gegen das Spiel?«

»Du hast richtig gehört.« Henrietta machte einen weiteren Schritt nach vorne, und Farah wich zur Wand zurück, um ihr Platz zu lassen. Ohne den Blick von Farah zu wenden, sagte die große Eidechse eindringlich: »Wir beobachten euch seit eurer Ankunft. Schon viele Jahre lang sind keine Spieler mehr gekommen, und die, die vor euch kamen, sind an den Herausforderungen gescheitert. Was hat ihnen ihr Kommen eingebracht?« Die letzte Frage hatte Henrietta lauter und zu ihren Artgenossen gewandt ausgesprochen, und diese antworteten im Chor:

»Sonnenbrand!«

»Sandstürme!«

»Sie sind für immer in Paheli gefangen!«

Henrietta schüttelte den Kopf und schnaufte. »Wir wollen, dass diese Stadt und dieses nie enden wollende Spiel zerstört werden. Wir arbeiten seit Jahren daran, es zu sabotieren, doch der Architekt und Titus Salt konnten bisher all unsere Bemühungen zunichte machen.«

»Ihr seid auf unserer Seite!«, stellte Farah erleichtert fest.

»Natürlich! Wir versuchen schon eine ganze Weile, Kontakt zu euch aufzunehmen, aber ihr lauft ja immer weg. Wir, die Eidechsen der Außerordentlichen Widerstandsliga, schwören euch hier und jetzt, dass wir alles in unserer Macht Stehende tun werden, um euch zu helfen, das Spiel zu gewinnen.«

Farah sah zu Essie hinüber und die Freundin schenkte ihr ein strahlendes Lächeln. »Habt ihr vielleicht einen kleinen Jungen gesehen …?«

»Dein Bruder, nicht wahr?«, unterbrach Henrietta sie.

»Ja, woher wusstest du das?«, fragte Farah.

Eine andere Eidechse, mit glänzender Haut und knochigen Schultern, nickte Farah zu. »Ein lieber kleiner Junge. Wir haben immer wieder nach ihm Ausschau gehalten, und ich glaube, wir wissen ungefähr, wo er sich aufhält.«

»Wirklich?« Farah fiel ein Stein vom Herzen.

Henrietta nickte, sah aber dennoch besorgt aus. »Die

Mechanik setzt sich in Gang, sobald ein neues Team ins Spiel eingelassen wird. Wenn ich mich nicht irre, hat sich die Mechanik seit beinahe fünfundzwanzig Jahren nicht mehr bewegt. Wir sind gestern zum Pier geeilt, um nachzusehen, wer angekommen war. Doch da war kein Team, nur ein Junge, der für dieses Spiel noch viel zu klein ist.«

»War er unverletzt?«, fragte Farah. Endlich hatte sie jemanden getroffen, der Ahmad wirklich gesehen hatte. Farah konnte sich gut vorstellen, dass es ihrem Bruder einigermaßen gut ging. Er war viel zu clever, um sich vom Spiel in eine Falle locken zu lassen. Er war schließlich ein Mirza, er würde das Spiel nicht gewinnen lassen.

»Er wirkte verwirrt und durcheinander. Wir wollten ihm helfen, doch er rannte in den Basar hinein und verschwand. Er hatte wohl Angst vor uns, so wie ihr zunächst auch. Dann, ungefähr eine Stunde nach ihm, seid ihr angekommen.«

»Könnt ihr uns helfen, ihn zu finden?«

»Aber sicher, meine Freunde sind die besten Spurenleser der Stadt«, erklärte Henrietta stolz.

Farah sah in die Runde und begegnete zustimmenden Eidechsenblicken.

»Ihr müsst euch konzentrieren, um die einzelnen Aufgaben zu bewältigen«, sagte Henrietta zuversichtlich. »Wir werden Titus Salt daran hindern, jene Stadtteile wieder aufzubauen, die ihr in Wüste verwandelt habt, und wir helfen euch, deinen Bruder zu finden.«

Das Gefühl von Erleichterung, das Farah inzwischen verspürte, war so stark, dass ihr davon beinahe schwindelig wurde. Sie würden Ahmad finden. Ahmad konnte nichts mehr passieren. Er würde bald bei ihr sein.

Nun aber wurde Henrietta ernster. »An eurer Uhr sehe ich, dass ihr nicht mehr viel Zeit habt. Wo findet die nächste Spielrunde statt?«

Farah entrollte die Karte und zeigte auf ein Gebäude: »Im Palast der Träume.«

»Fünfte Ebene.« Henrietta begann, auf und ab zu gehen. »Mit der Bahn braucht ihr zu lange, und wenn wir euch begleiten, erregen wir viel zu viel Aufmerksamkeit. Benutzen wir lieber die alten Leitertreppen. Sie sind ein bisschen wackelig und deshalb geht dort niemand mehr.« Henrietta flitzte in den dunklen Tunnel hinein und die Kinder folgten ihr.

Sie liefen links, dann rechts, dann wieder links, und immer weiter, durch enge Gänge. Gelegentlich kamen sie unter Gullygittern vorbei, durch die Tageslicht, die Geräusche der Stadt und auch etliche Sandkörner zu ihnen hinunterdrangen.

»Schnell, euch geht die Zeit aus!«, trieb Henrietta sie an.

Sie kletterten eine in die Wand eines Schachts eingelassene Leiter zur Oberfläche der Ebene hinauf. Der Sandsturm hatte aufgehört. Gegenüber von ihnen erhob sich ein hohes Gebäude, an dessen Seite riesige, nicht besonders stabil wirkende Leitertreppen angebracht waren. Der Anblick erinnerte Farah an eines der hohen Mietshäuser in Manhattan, in denen ihr Vater sein Büro gehabt hatte, und die mit wackelig aussehenden äußeren Feuerleitern versehen waren. Farah hatte sich immer gefragt, ob es nicht furchtbar gefährlich war, sie zu benutzen. Und jetzt sollten sie genau das tun.

»Da müssen wir raufsteigen?«, fragte Alex mit einer Stimme, die fast schon weinerlich klang. »Ich habe Höhenangst. Ich kann da nicht hinauf. Ich kann das einfach nicht.«

»Ich auch nicht«, sagte Essie und ballte die Fäuste.

Farah sah zu der beinahe endlos wirkenden Serie von Treppen auf, die bis in die Wolken hinaufzuführen schienen. Sie kniff die Augen zu und hoffte, wenn sie sie wieder öffnete, würde sich das hier alles als ein Albtraum herausstellen.

Doch natürlich war das nicht der Fall: Als sie die Augen aufschlug, war immer noch alles genau so da wie vorher.

Die Leitertreppen schwankten im Wind und ihr Knarzen und Quietschen klang in Farahs Ohren wie eine Warnung. Doch sie hatten keine andere Wahl.

»Ja, das ist der schnellste Weg. Keine Menschenmassen,

kein Gedränge. Und die Treppen der einzelnen Ebenen sind genau übereinander, man muss nicht erst durch das ganze Viertel laufen, um zur nächsten zu kommen. Auf diesem Weg braucht ihr nur halb so lange, und euch bleiben jetzt ja wirklich auch nur zehn Minuten, um zum Palast der Träume zu kommen.« Henrietta ging auf eine Treppe zu und begann hinaufzusteigen. »Lasst euch von uns helfen, meine Lieben, und haltet euch ganz fest.« Inzwischen war sie schon ziemlich weit oben. »Wenn ihr abrutscht, ist es ein tiefer Sturz!«, rief sie zu ihnen hinunter.

Farah sah Alex und Essie fest an.

»Farah, ich kann das nicht. Ich kann das wirklich nicht«, sagte Alex.

»Willst du denn für immer hierbleiben?«, fauchte Farah ihn an.

Alex wich ihrem Blick aus. Er drehte ihr den Rücken zu und starrte auf den Boden, als könne er von dem Anblick gar nicht genug bekommen. Essie wollte ihm eine Hand auf die Schulter legen, doch er wandte sich schnell von ihr ab.

Frustriert zupfte Farah an ihrem Schal. Das konnten sie sich jetzt gerade nicht leisten. Klar, Alex war der Zurückhaltende, der Vorsichtige von ihnen, und normalerweise waren Alex und sie einer Meinung und machten gegen die wesentlich leichtsinnigere Essie Front. Aber in dieser Situation konnten sie auf seine Bedenken keine Rücksicht nehmen, sie hatten keine Zeit dafür.

»Junger Mann«, sagte Henrietta und zog Alex' Aufmerksamkeit auf sich. »Lass dich von deinen Ängsten nicht davon abhalten, das Richtige zu tun. Du musst die Treppen hinaufsteigen, nicht für dich selbst, sondern für uns alle. Wenn du dich nicht der nächsten Herausforderung stellst, verlieren wir. Ich bin mein ganzes Leben hier gefangen gehalten worden, ich kann mich nicht einmal mehr an die Zeit erinnern, die ich davor in Freiheit verbracht habe. Der Architekt war ganz vernarrt in Eidechsen, und deshalb gab es früher eine Regel, die den Teams, die Eidechsen mitbrachten, Vorteile einräumte. Ich habe keine Lust mehr, hier zu sein, genau wie alle anderen, und deshalb ist es für uns alle wichtig, dass du die Treppen jetzt hinaufkletterst.«

Alex schluckte. Dann nickte er.

»Sehr gut. Rauf mit euch!«

Eine der Eidechsen hielt Farah ihren langen Schwanz hin, damit das Mädchen sich daran festhalten konnte. Etwas verlegen, weil sie befürchtete, dem Tier wehzutun, griff sie danach und begann ihren Aufstieg zur nächsthöheren Ebene.

16

»Nur noch zwei Ebenen!«, rief Henrietta. »Und schaut nicht nach unten.«

Wenn Farah zu hören bekam, sie solle etwas Bestimmtes nicht tun, dann sehnte sie sich unweigerlich mit jeder Faser ihres Körpers danach, genau das zu machen. Ihre Hände und Arme und Beine zuckten förmlich vor Widerspruchsgeist. Gewöhnlich konnte sie dann nicht mehr der Versuchung widerstehen, nicht in einen verbotenen Raum zu spähen, nicht von einem Gericht zu kosten, das nach Ansicht ihrer Mutter noch nicht fertig war, oder einen Blick in das Buch zu werfen, das ihrem Vater zufolge nur für Erwachsene gedacht war.

Sie reckte den Hals, um über die Schulter zu blicken, und bereute diesen Entschluss sofort. Es war, als wären sie seitlich am Empire State Building hochgeklettert. Die gesamte Ebene lag ihnen zu Füßen: eine ganze Stadt in Miniatur. Von hier oben sahen die Leute so winzig wie Ameisen aus.

Durch ihre Bewegungen beim Klettern schwankten die Leitertreppen hin und her. Farahs Magen bewegte sich ebenfalls heftig, und es stand zu befürchten, dass ihr bald ein peinliches Malheur passierte. Sie bemühte sich, nicht mehr nach unten zu schauen, doch der Drang war stärker als ihr Wille.

Henrietta erwischte sie dabei und zeigte mit der Schwanzspitze nach oben, eine freundliche Erinnerung daran, dass sich Farah auf ihr Ziel konzentrieren sollte. »Der Palast ist jetzt direkt über uns«, sagte sie beruhigend. »Wir haben es fast geschafft!«

Die Eidechsen halfen den drei Freunden, eine schmale Lücke zwischen der obersten Treppenstufe und dem festen Boden zu überwinden. Der Palast der Träume besaß vergoldete Fenstergitter, die mit geschmiedeten Blättern und Vögeln verziert waren. Henrietta führte sie durch einen mit Marmor ausgekleideten Bogengang in einen großen Saal.

»Niemand wohnt in dem Palast«, sagte sie. »Es ist eines der Lieblingsgebäude des Architekten.«

»Ich kann verstehen, warum«, erwiderte Essie atemlos und rannte ihnen voraus über den spiegelglatten Marmorboden. Weiter ging es in einen Saal mit hohem Kuppeldach, das ebenso wie die Wände blau gestrichen war. In der Mitte des Saals stand ein blau gefliester Springbrunnen, um den herum Rad schlagende Pfauen stolzierten. Die transparent schimmernden blauen Fliesen erinnerten Farah an ihre Lieblingsarmreifen. Der Palast war prächtiger und fantasievoller als sämtliche Paläste, die Farah auf einer Reise mit ihren Eltern nach Rajasthan besichtigt hatte – doch waren dazwischen auch immer wieder Zahnräder und Hebel sichtbar, die den fantastischen Eindruck verdarben. Außerdem schwammen im Wasser des Brunnenbeckens zahllose Schraubgläser in unterschiedlichen Blautönen. Auf ihren weißen Etiketten stand etwas, das Farah nicht lesen konnte.

»Träume«, flüsterte Henrietta leise, so als befürchtete sie, belauscht zu werden. »Gestohlene Träume. Der Architekt ist ein leidenschaftlicher Sammler. Er wird auch eure Träume einfangen, wenn ihr das Spiel nicht gewinnt.«

Farah schluckte. Sie fragte sich, ob Tante Zohras Träume ebenfalls hier herumschwammen. Tante Zohras vergessene, ungelebte Träume. Das würde ziemlich viel erklären. Ihren Freunden und Ahmad durfte das nicht passieren, das durfte Farah nicht zulassen. Sie mussten unbedingt gewinnen.

»Was tun wir denn jetzt?«, fragte Farah, und Henrietta deutete mit der Schwanzspitze zum entgegengesetzten Ende des Saals hinüber, wo zwischen Bogenfenstern eine Reihe von Glastüren eingefügt waren, die sich auf einen

Balkon öffneten. Farah sah Essie und Alex an. Die drei nahmen sich bei den Händen und liefen gemeinsam auf die Türen zu.

Das Minarett schoss seine Funken ab, die sich in allen Fenstern des Palastes spiegelten. Farah, Alex und Essie stützten sich auf der Balkonbrüstung auf und sahen zu, wie sich unter ihnen die anderen hell erleuchteten Paläste in Bewegung setzten. Der Zug kam aus einer Düne herausgefahren und rollte schnaufend auf einem sich neu zusammensetzenden Gleis davon. Die Straße formte sich rings um einen Handkarren herum, der fertige Gerichte feilbot, und der Verkäufer schob seinen Karren um eine neu entstandene Ecke, als ob nichts wäre.

Keiner der Passanten geriet in Panik, niemand wirkte auch nur im Mindesten verwundert. Die Leute gingen einfach weiter die Straße entlang, betraten Geschäfte und Wohnhäuser und schienen genau zu wissen, in welche Richtung sich Gebäude und Straßen als Nächstes bewegen würden.

»Das ist so unheimlich«, flüsterte Essie.

»Es ist wahrscheinlich einfach ihr Alltag«, erwiderte Farah. »Für sie ist das ganz normal.«

»Euer nächstes Spiel beginnt«, erinnerte Henrietta die drei.

Die fliegende Sanduhr drehte sich in der Luft um.

Alex, Farah und Essie schauten einander an und holten alle gleichzeitig tief Luft. Sie kehrten in die Mitte des Saals zurück, wo das Wasser nun lebhafter aus dem Springbrunnen sprudelte. Alle drei spürten, wie Angst und Aufregung von ihnen Besitz ergriffen.

»Was glaubt ihr, wann es losgeht?«, fragte Essie nervös.

Bevor einer der beiden anderen antworten konnte, begann sich der Fußboden zu bewegen. Entsetzt starrten sie sich an.

»Was war das?«, zischte Alex.

In genau diesem Augenblick brach der Marmorboden ein.

17

Entsetzt sah Alex nach unten, während Farah sich noch die Augen rieb. Essie stieß einen Angstschrei aus. Jeder der drei stand nun auf einem spiegelglatten und frei schwebenden Marmorwürfel. Weitere Marmorwürfel schwebten um sie herum wie riesige fliegende Zuckerstücke. Farah machte sich Sorgen um die Eidechsen, denn sie waren nirgendwo zu sehen. Sie konnte nur hoffen, dass ihnen nichts passiert war.

Ein fußballgroßer Miniatur-Zeppelin kam herbeigeflogen und umkreiste Essie. Dann warf er eine Karte ab.

Essie klappte sie auf und geriet dabei gefährlich aus dem Gleichgewicht. »Aaah!«, schrie sie und breitete die Arme aus, um sich wieder auszubalancieren. »Was ist denn das schon wieder? Warum können wir nicht einfach mal auf festem Boden bleiben?«

»Was steht drauf?«, fragte Alex. Seiner Stimme hörte man deutlich an, dass er große Angst hatte.

»Bildet zwölf Gruppen. Immer aus drei Würfeln. Achtet auf euer Gleichgewicht oder tragt die Konsequenzen«, las Essie laut vor.

Farah hatte ihr eigentlich aufmerksam zuhören wollen, doch sie musste ständig um ihr Gleichgewicht kämpfen, und das lenkte sie ab. Hatten sie vielleicht schon verloren, weil sie irgendwelche kaum sichtbaren Linien am Fußboden übersehen hatten? Die Sohlen ihrer Turnschuhe waren für den glatten Marmor nicht griffig genug, ständig drohten ihr die Füße wegzurutschen. Sie verlagerte ihr Gewicht von einem Bein auf das andere und versuchte, sich auszubalancieren wie auf einem Skateboard, so wie ihr Cousin Salim es ihr beigebracht hatte.

Alex bemühte sich, sich so wenig wie möglich zu bewegen. »Was bedeutet das denn?«

»Die Würfel bröckeln!«, schrie Farah, als sie merkte, wie der Marmor des Würfels, auf dem sie stand, zu Sand wurde.

»Los, springt! Springt wie ein Frosch!«, rief Essie und machte es ihnen vor. Etwas ungeschickt landete sie auf einem anderen Würfel. Wieder balancierte sie sich mit ausgestreckten Armen aus. Als sie einigermaßen stabil stand, drehte sie sich nach ihren Freunden um.

Farah zögerte nicht lange. Schnell stieß sie sich von

ihrem bröckelnden Würfel ab und erreichte den daneben schwebenden.

Alex schaffte es nur ganz knapp auf einen unversehrten Würfel. Er kam auf allen vieren auf. »Die Würfel zerstören sich also selbst. Toll! Müssen wir vielleicht mit noch mehr Überraschungen rechnen?«

»Konzentriert euch!«, hörten sie Henrietta von der Schwelle des Nebenraums im Palast rufen, in dem sich die Eidechsen in Sicherheit gebracht hatten.

Essies Würfel begann zu beben und schnell wechselte sie auf einen anderen über. »Farah! Was machen wir nur?«

Farah sprang ebenfalls auf einen neuen Würfel und wäre beinahe wieder heruntergerutscht, als sie merkte, warum Essies Stimme plötzlich ängstlicher klang als vorhin. Aus dem Sand des Würfels, auf dem Essie zuvor gestanden hatte, war ein Wesen entstanden: eine riesige mechanische Spinne mit beängstigend großen Mundwerkzeugen. *Ob das wohl eine dieser Kamelspinnen war, vor denen Madame Nasirah sie gewarnt hatte?*, fragte sich Farah entsetzt. Die Spinne fiel in den leeren Raum, bis sie sich mit einem rasch gesponnenen Faden an einen Marmorwürfel hängen konnte. Die kugelförmigen Augen des künstlichen Rieseninsekts rollten in ihren Höhlen, um schließlich Farah zu fixieren. Dabei gab die Spinne ein zwitscherndes Geräusch von sich, das allerdings alles andere als freundlich klang.

»Alex!«, rief Farah, ohne das Ungeheuer aus den Augen zu lassen. »Komm zu mir rüber, ohne dich umzudrehen!«

»Warum?«, fragte er.

»Tu es einfach …!« Farah und Essie riefen es ihm gleichzeitig zu. Doch zu spät, er hatte bereits einen Blick nach hinten geworfen. Trotz seines dunklen Teints wurde der Junge blass.

Sie waren von mehreren mechanischen Spinnen umgeben, die an scheinbar selbst gesponnenen Drähten hingen und mit den Beinen sämtliche Marmorwürfel zerdrückten, die in ihre Reichweite kamen. Auf diese Weise hinderten sie das Team daran, das Spiel korrekt zu spielen und sich in Sicherheit zu bringen.

»Ich … hey!« Essie wich vor einer Spinne zurück, die sie angesprungen hatte. Die Mundwerkzeuge klickten nur wenige Zentimeter vor ihrem Gesicht zusammen. Als Essie auf einen anderen Würfel sprang, geriet die Spinne ins Taumeln und fuchtelte mit ihren langen Beinen herum. »Lasst uns in Ruhe!«, schrie Essie sie an.

»Warum sollten wir das tun?«, zischte eine blechern klingende Stimme. Es dauerte einen Moment, bis Farah begriffen hatte, dass sie der Spinne gehörte.

»Wir sind die Hüter dieser Welt, Kind. Wir sahen ihre Anfänge. Wir halfen, sie entstehen zu lassen. Wir beschützen sie vor ihrem Ende.«

Eigentlich sahen die Spinnen gar nicht so alt aus. Andererseits bestanden sie, wie so vieles andere in Paheli auch, aus Metall, Zahnrädern und Uhrwerken. Wahrscheinlich stimmte das, was die Spinne sagte.

Wieder zersetzte sich ein Würfel und wieder entstand aus dem Sand eine Spinne. Farah merkte, dass die Spinnen sie und ihre Freunde in eine Ecke zu treiben versuchten.

»Sie wollen uns ablenken!« Essie angelte mit einem Fuß nach dem Nachbarwürfel und zog ihn zu sich heran. Als er den Würfel berührte, auf dem sie stand, verbanden sich die beiden.

Die Spinnen sahen aus, als wollten sie Essie angreifen.

»Konzentriert euch darauf, die Würfel zusammenzusetzen!«, rief Alex. »Achtet auf die Bilder an den Seiten!«

Er wandte den Kopf schräg nach unten und Farah folgte seinem Blick. Dann bückte er sich, streckte einen Arm aus und drehte den Nachbarwürfel um. Nun sahen sie, dass jeder Würfel an der Seite mit je einem Bild versehen war: mit dem Kopf eines Löwen, dem Kopf eines Kamels, einer Spinne oder einer Schlange.

Mit zusammengebissenen Zähnen sprang Farah auf einen anderen Würfel. Dabei stolperte sie, und einen beängstigenden Augenblick lang neigte sich ihr Würfel zur Seite und sie sah weit unter sich einen anderen Palast.

Nein.

Sie würde nicht hinunterstürzen.

Sie würde nicht scheitern.

Sie machte das nicht für sich, sondern für Ahmad.

Sie würden dieses Spiel gewinnen.

Mit einem Satz sprang Farah auf den nächsten Würfel, der mit einem Löwenkopf verziert war. Er wackelte, als sie aufkam. »Wie bewegt man sie?«

»Tu so, als wäre er ein Skateboard. Mach genau das, was Salim dir immer gezeigt hat«, sagte Essie. »Alex, du auch. Du stehst auf einem Kamelwürfel.«

»Sie brechen zu schnell auseinander!«, rief Alex.

»Los, Farah, beeil dich!«

Farah hielt die Luft an und schob mit einer Fußbewegung ihren Würfel zu Essie hinüber. Gleichzeitig streckte sie die Arme aus und griff nach Essies entgegengestreckten Händen. Essie zog sie zu sich heran und die beiden Würfel blieben aneinander haften, sodass die beiden Mädchen nun auf einer Brücke aus drei Würfeln standen.

»Es funktioniert!«, stellte Farah erleichtert fest.

Die Spinnen zischelten wütend.

»Schnell, jetzt verbinden wir die Kamelwürfel!«, rief Essie.

»Farah!« Alex fuchtelte hektisch mit den Armen. »Ich habe hier zwei mit Kamelen.« Sekundenbruchteile, bevor sein Würfel sich zersetzte, sprang er ab.

Während sie weitermachten, dachte Farah einmal, dass es, abgesehen davon, dass sie über einem Abgrund schwebende Marmorwürfel zusammenfügen mussten und dabei von blutrünstigen Spinnen bedroht wurden, eigentlich ganz gut lief. Und das war vor allem Essie zu verdanken. In Farahs Augen war ihre rothaarige Freundin immer so etwas wie eine Naturgewalt, was natürlich gelegentlich auch Probleme mit sich brachte. Hier aber, bei diesem mörderischen Puzzlespiel, war Essies überschäumendes Temperament wohl ihre Rettung. Farah tat es der Freundin nach und bemühte sich, all ihre Kraft und ihr Geschick aufzubringen, um die Marmorwürfel miteinander zu verbinden.

Alex hatte mittlerweile ein besonderes Talent dafür entwickelt, jene Würfel zu meiden, aus denen plötzlich Spinnen wurden, und auch dafür, den Spinnen auszuweichen.

Leider aber stellte sich heraus, dass sie noch mit weiteren Schwierigkeiten fertigwerden mussten.

»Farah! Essie! Wir haben ein neues Problem!« Alex floh mit einem Sprung von einem Würfel. »Immer mehr Blöcke zerfallen, es geht immer schneller!«

»Mist! Das hat uns noch gefehlt!« Farah zog mit dem Bein einen Würfel zu sich heran, der auf eine Spinne zuzuschweben drohte. »Essie, wie weit sind wir?«

»Wir haben zehn Gruppen«, rief Essie ihr zu. »Zwei fehlen noch!«

Die Würfel, die sie zusammengefügt hatten, schwebten friedlich im leeren Raum.

»Hier, noch einer …«, stöhnte Essie, während sie einen weiteren Würfel heranzog.

»Alex, schieb den da rüber, du bist am nächsten!«, rief Farah.

»Okay.« Alex duckte sich unter den fuchtelnden Beinen einer Spinne weg und dockte gleich darauf seinen Würfel an Farahs an. Mit einem lauten *Klick!* fügte sich um sie herum der Marmorboden wieder zusammen, und plötzlich war auch der Springbrunnen wieder da und alles sah aus, als wäre es nie anders gewesen. Auch die mechanischen Spinnen waren verschwunden.

»Puh! Gut, dass wir die los sind!«, murmelte Essie.

Alex ließ sich keuchend auf den Fußboden fallen. »Wir haben wieder gewonnen – und sogar fünf Minuten vor Ablauf der Frist!« Er zeigte auf die Sanduhr.

Der Miniatur-Zeppelin kam angeflogen und umrundete den Kopf des Jungen. Alex vertrieb ihn wie eine lästige Fliege. »Hey, verschwinde!«

Der kleine Zeppelin pfiff wütend zurück, bevor er ein zusammengefaltetes Stück Papier ausspuckte. Mit einem beleidigten mechanischen Schnaufer flog er danach wieder davon. Farah schnappte sich das Blatt und las vor: *»Reist noch höher hinauf und besucht die Nachtfalken.«*

Sie fragte sich, was dort oben wohl alles auf sie warten mochte.

Nichts in der Stadt der tausend Türme geschah zufällig, auch wenn es zunächst so aussah. Tatsächlich schien alles Teil eines riesigen Uhrwerks zu sein, einer komplexen mechanischen Maschine, die das Team früher oder später zu dem Architekten führen würde, dem Herz von Paheli.

Aus dem Minarett erklang ein Donnern. Die Sanduhr drehte sich um.

»Ihr werdet zum Wolkenpalast geschickt«, erklärte Henrietta. »Dort leben diese garstigen Vögel.«

Hinter ihnen hörten sie ein lautes Sirren. Die drei drehten sich um und sahen, dass der Palast zu Sand zerfiel. »Kinder, lauft zur Treppe!«, rief Henrietta ihnen zu.

»Nichts wie weg hier!«, schrie Farah.

18

»Schnell nach unten!«, wies Henrietta sie an. »Beeilt euch!«

Farah, Alex und Essie rannten die wackeligen Leitertreppen hinunter. Der Abstieg kam ihnen endlos vor. Als sie die letzte Treppe bewältigt hatten, stellten sie überrascht fest, dass sie keineswegs dort gelandet waren, wo sie vor gut einer Stunde hochgeklettert waren, sondern in einer Straße, die sie bereits gut kannten – und die nicht innerhalb der Stadtmauern lag!

»Was?«, rief Farah. Bevor sie noch etwas sagen konnte, kam Essie ihr zuvor: »Wie ist denn das passiert? Warum sind wir jetzt wieder im Basar?«

Rings um sie herum herrschte geschäftiges Markttreiben und genau gegenüber erkannten sie Madame Nasirahs Teestube wieder. Auch Henrietta wirkte verblüfft.

Farah riss die Karte aus ihrer Tasche und alle drei beugten sich über die Stelle, auf der ihre kleinen Spielfiguren erschienen waren. »Was ist geschehen?«

»Das Spiel versucht euch auszubremsen«, meinte Henrietta.

Farah kniff die Augen zusammen.

Alex starrte auf die Karte und schüttelte den Kopf.

Auf der Karte verschoben sich die Paläste. Die Marktstände des Basars verschwanden, um an einer anderen Stelle wieder aufzutauchen. Laternen erloschen und gingen wieder an. Ahmads Figur blitzte mal mitten im Zentrum der Stadt auf, mal in der Nähe des Landestegs.

Essie rüttelte an der Karte. »Die Karte lügt uns an. Schon die ganze Zeit über!«

Alex schob seine Brille, so weit es ging, nach oben und beobachtete ungläubig die wanderlustigen Paläste.

»Die Karte lügt euch nicht absichtlich an«, erklärte Henrietta. »Ihr habt schon zwei Runden gewonnen und sie kann mit den Veränderungen in der Stadt kaum noch mithalten.«

Alex öffnete den Mund, weil er etwas Schlaues erwidern wollte. Doch dann sah er das Gesicht, das Essie machte, und schloss ihn wieder.

Und Farah …

Wenn sich das Spiel nicht fair verhielt, dachte Farah gerade, dann brauchten sie auch nicht fair zu spielen.

Trotzig lehnte sie sich gegen die Wand der Teestube.

»Oh, hallo! Willkommen im schönsten Basar … will sagen: dem einzigen Basar der Stadt«, begrüßte Madame Nasirah die drei erneut, als wären sie Fremde.

»Madame Nasirah«, entgegnete Farah genervt, »wir sind es doch. Farah, Alex und Essie. Sie haben uns schon zweimal bei sich aufgenommen.«

»Ach ja, natürlich«, antwortete Madame Nasirah und sah aus, als erwache sie aus einer Betäubung. »Wie ich sehe, habt ihr jemanden mitgebracht. Es tut mir leid, aber ich kann in meiner Teestube keine Reptilien dulden. Es wäre einfach unangemessen, versteht ihr?«

»Ach ja?«, sagte Henrietta beleidigt. »Davon weiß ich nichts. Tatsächlich glaube ich eher, dass Sie immer eine Freundin ganz bestimmter Eidechsen waren, Madame Nasirah. Aber natürlich will ich nicht etwas *Unangemessenes* verlangen. Jedenfalls müsst ihr Kinder euch jetzt erst mal eine Weile ausruhen und wieder zu Kräften kommen. Ihr braucht es wirklich. Wir Eidechsen warten draußen auf euch. Vorausgesetzt, ihr bringt uns eine kleine Erfrischung raus.«

»Ja, natürlich, so können wir es machen«, meinte Madame Nasirah mit gerunzelter Stirn. »Ich bereite gerne ein paar Häppchen zu.«

Farah, Alex und Essie folgten ihr in die Teestube, obwohl es sie irritierte, dass die Frau sie schon wieder behandelte, als kenne sie sie gar nicht.

»Ihr müsst müde sein«, sagte sie, als sich die drei hingesetzt hatten. »Hier, trinkt meinen Chai. Ich habe ihn speziell für euch gekocht.«

Sie stellte ihnen dasselbe Tablett wie immer hin und dieselben Gläser. Doch Farah winkte ab und auch Alex und Essie schienen dieses Mal keine Lust auf Madame Nasirahs Köstlichkeiten zu haben. Dennoch nahmen sie ihre Teegläser vom Tablett und nippten ein paarmal daran. Auch von den gewürzten Cashewkernen und den knusprigen Samosas kosteten sie nur. Vielleicht waren sie auch einfach zu erschöpft, um mit Appetit zu essen.

Farah fand es beängstigend, dass Ahmads Gesicht in ihrer Erinnerung langsam verblasste und verschwamm und dass ihre schmerzenden Füße und die noch bevorstehenden Aufgaben sie geistig stärker beschäftigten, als die Sorge um ihren kleinen Bruder.

Ihr war, als würde sie sich durch das Spiel weiter und weiter von ihrem eigentlichen Leben und all ihren Erinnerungen entfernen.

Auch konnte sie sich tief in ihrem Inneren nicht über ihre beiden Siege freuen. Sie hatte Ahmad nicht gefunden. Ausgerechnet bei der Herausforderung, die ihr am wichtigsten war, hatte sie bis jetzt nur versagt. Sie presste die

Hand auf ihre Brust, ohne auf Madame Nasirah zu achten, die sie neugierig beobachtete.

»Ich gratuliere!« Die Kinderstimme kam ihnen bekannt vor.

Farah drehte sich nach ihr um und Alex hob den Kopf von seinem Teeglas.

»Ahmad?«, fragte Farah.

Nein.

Natürlich war es nicht Ahmad, sondern ein kleiner Bettlerjunge oder vielleicht sogar – Farah sah ihn sich genauer an – derselbe wie letztes Mal. Ein kleiner Junge in Lumpen, mit aufgekratzten Flohbissen im Gesicht und dunklen, tief liegenden Augen. Alex seufzte laut, Essie schloss die Augen und Farah spürte wieder den inzwischen vertrauten Kloß im Hals.

»Ich gratuliere!«, wiederholte der Junge und Essie holte müde ein paar Münzen hervor und drückte sie ihm in die Hand.

Ich wünsche mir so, dass sich um meinen Bruder auch jemand kümmert.

Farah hätte am liebsten geweint.

Der Junge schenkte Essie ein Zahnlückenlächeln und lief nach draußen, wo er in der Menge verschwand.

Farah warf einen Blick auf die Sanduhr. Ungefähr fünfzehn Minuten waren vergangen.

»Wir müssen weiter!«, rief sie. »Wir müssen Ahmad finden. Jetzt!«

Alex stellte sein Glas mit Wucht ab und Essie sprang vor Schreck in die Höhe.

Farah nahm wieder die Karte zur Hand und suchte sie mit den Augen ab. Ahmad musste doch irgendwo sein. Wenigstens, tröstete sie sich, jagte sie keinem Geist hinterher.

Ahmad gab es wirklich.

Und man konnte ihn finden.

Ihre Freunde schauten ihr über die Schulter und beinahe gleichzeitig klappte ihr Unterkiefer herunter.

»Schaut mal, er ist hier!« Essie legte ihren Zeigefinger auf einen Ort und las stockend den auf der Karte angegebenen Namen: »*Lailat*. Komisch.«

»Okay. Wir laufen also jetzt nach Lailat, schnappen uns Ahmad und dann geht es weiter zum Wolkenpalast«, verkündete Alex.

Sie standen auf. Madame Nasirah tat es ihnen gleich und wischte sich dabei die Hände an der Unterseite ihres Schals ab. Wieder erinnerte diese Geste Farah an ihre Mutter und einen Augenblick lang spürte sie ihr Heimweh wie einen Schmerz. »Madame Nasirah, wir müssen jetzt gehen. Nach Lailat.«

»Was?« Die Frau riss ihre Augen auf. »So bald? Ihr seid doch erst ein paar Minuten hier. Ich habe euch noch gar nicht die Ausrüstung übergeben.« Sie warf einen Blick auf die Karte und wirkte auf einmal verwirrt.

»Oh nein!«, sagte Madame Nasirah und legte sich einen Handrücken auf die Stirn. »Lailat, das Land der Nacht. Dort lauern unvorstellbare Gefahren. Das kann nicht sein. Farah, ihr müsst euch beeilen, ihr müsst ihn sofort finden. Das ist kein Ort für ein kleines Kind. Ich würde euch am liebsten auch nicht dort hinlassen.« Madame Nasirah füllte einen Beutel mit Samosas und band ihn fest zu. »Nehmt die hier mit, für euch und für die Eidechsen. Und für Ahmad, wenn ihr ihn findet. Ihr braucht alle etwas, das euch Kraft gibt.«

Farah nickte und Essie nahm den Beutel entgegen und band ihn sorgfältig an dem Werkzeuggürtel fest.

Als die drei aufbrechen wollten, rief Madame Nasirah: »Wartet! Noch etwas, bevor ihr geht.« Sie bedeutete ihnen, ihr in einen kleinen, durch Vorhänge abgetrennten Raum neben der Küche zu folgen. »Wo ist der Puzzlering? Der Talisman, den ich euch mitgegeben habe?«

Farah nahm ihn aus der Tasche und reichte ihn Madame Nasirah. Die glänzenden Ringe, aus denen er zusammengesetzt war, klimperten. »Diese Ringe«, sagte Madame Nasirah leise, als hätte sie Angst, dass jemand sie belauschen könnte, »waren früher als Falle für Ehebrecher gedacht. Wenn eine verheiratete Person sie abnahm, fielen sie auseinander. Sie wieder richtig zusammenzusetzen brauchte Zeit, andererseits verrieten sich die Ehebrecher dadurch, dass sie keinen Ring trugen. Natürlich war das eine Sache unter Erwachsenen und die Zeiten haben sich geändert.« Sie schaute sich besorgt um, als befürchte sie, beobachtet zu werden. »Aber vielleicht könnt ihr den Architekten damit schlagen und ihn ebenso reinlegen, wie er euch reinlegen wollte.«

Farah nahm die Ringe an sich und versuchte, hinter ihr Geheimnis zu kommen, während Alex weiter über Madame Nasirahs Worte nachdachte. »Haben Sie den Architekten denn schon einmal getroffen?«, fragte er. »Wissen Sie, wie er aussieht?«

»Ich weiß nur, dass er seine Augen überall hat«, antwortete sie und sah sich wieder ängstlich um. »Sogar hier. Deshalb müssen wir vorsichtig sein und uns so gut schützen, wie wir nur können.« Sie legte ihre Hände auf Farahs Hände, um ihre Finger beim Zusammensetzen der Ringe anzuleiten.

»Du gibst dir zu viel Mühe, Farah, und die Ringe merken das. Entspann dich, atme tief durch, lass es einfach geschehen. Versuche nicht, es zu erzwingen. Du führst sie nur in ihren ursprünglichen Zustand zurück. Sie sind dazu geschaffen, zusammenzubleiben. Finde die Stellen, an die sie hingehören, und lasse sie dorthin gleiten. Sie fallen von alleine an ihre angestammten Plätze.« Farah befolgte ihren Rat und tatsächlich fanden die Ringe wie durch Zauberhand wieder zusammen.

»Siehst du, so geht es. Du darfst nicht vergessen, dass bei diesem Spiel sehr viel von Glück und Zufall abhängt, aber noch mehr von euch selbst. Davon, wie ihr spielt und warum. Das Ziel, das ihr vor Augen habt, kann alles verändern.«

Sie wies mit einer Handbewegung auf sich selbst und ihre Teestube. »Jahr um Jahr sah ich Spieler kommen, die ihr Bestes gaben, um zu gewinnen, und dennoch verloren. Dann kam über zwanzig Jahre lang keiner mehr. Ich und auch die meisten anderen von uns hatten die Hoffnung schon beinahe aufgegeben. Du, Farah, und deine Freunde, ihr habt sie uns zurückgegeben. Wir können nicht viel tun, um euch zu helfen, ohne den Zorn des Architekten zu erregen. Aber glaubt mir: Wir tun dennoch für euch, was wir können.«

Farah konnte die Ringe nicht mehr voneinander trennen, und deshalb nahm Madame Nasirah sie in die Hand, drehte sie mal so rum und dann andersherum, und wieder fielen die Ringe wie durch Zauberei auseinander. Daraufhin drehte sie sie erneut hin und her und schon bildeten die vielen feinen Metallreifen einen einzigen Ring. »Das hier ist ein machtvoller Talisman. Und er kann zu einer anspruchsvollen Herausforderung werden. Setzt ihn klug ein, meine Lieben, und passt gut auf euch auf. Wir zählen auf euch.«

Mit diesen Worten gab sie Farah den Ring zurück und schob die drei aus ihrer Teestube. Dabei machte sie ein gleichgültiges Gesicht, so als kenne sie den Jungen und die Mädchen kaum.

19

Lailat sah ganz anders aus, als Farah es sich aufgrund von Madame Nasirahs Warnungen vorgestellt hatte.

Aber auch Henrietta und die anderen Eidechsen hatten gesagt, es sei ein dunkler und unheimlicher Ort.

»Schmutzig«, flüsterte Henrietta und schüttelte den Kopf, als sie zur sechsten Ebene der Stadt unterwegs waren. »Alle schmutzigen Geschäfte werden dort abgewickelt. Betrügereien und schlimmere Verbrechen. Ich schicke Kundschafter vor, die nach Ahmad suchen und ihm sagen, dass er bleiben soll, wo er ist.«

Farah erwartete nun drohend gezogene Messer, zugemüllte dunkle Gassen, Glücksspiele in schmierigen Kneipen.

Doch Lailat war vollkommen anders.

Es war wie ein Traum.

Das ganze Viertel war in ein sanftes dunkles Blau getaucht, wie in einer wolkenlosen Vollmondnacht, und über ihnen wölbte sich etwas, das wie ein Nachthimmel aussah, obwohl sie sich doch in der künstlichen Welt von Paheli befanden. Es musste irgendein Trick sein, der bewirkte, dass es aussah, als sei tatsächlich Nacht. Sie bekamen das Gefühl, zu später Stunde wach zu sein, und das bewirkte, dass sie sehr leise auftraten und auch nur leise miteinander sprachen. Die Stimmung war unwirklich, und Farah kam es vor, als würden ihre Füße beim Gehen den Boden gar nicht berühren.

»Bleibt zusammen«, zischte Henrietta. Farah sah ihren Freunden an, dass sie das kaum gehört hatten, weil sie von all dem, was um sie herum war, so stark abgelenkt wurden. Die Luft duftete leicht nach Rosenwasser und nach etwas anderem, Wilderem. Der Geruch kitzelte Farah in der Nase und sie bekam eine Gänsehaut.

»Haltet euch an den Händen«, sagte Henrietta. »Und fasst nichts an.«

Gehorsam schloss Farah die Finger um Essies feuchte, schwitzige Hand und ließ sich von ihr weiterziehen. »Oh, Wahnsinn, Farah! Schau doch nur!«

In der Ferne stand ein von bunten Lichtern beleuchtetes Karussell. Farah sah zu, wie es mitsamt seinen kunstvoll geformten Figuren verschwand und dann wieder auftauchte. Wieder bestand alles nur aus Sand. Ein leises Gurren erklang, und die Lichterketten, die um das Karussell gewunden waren, flogen durch die Luft und legten sich um Farah und Essie. Als Farah sie von ihrem Hals wegschieben wollte, merkte sie, dass es gar keine Lichterketten waren, sondern Glühwürmchen, und dass diese auch für das leise Gurren verantwortlich waren, das Farah im Übrigen sehr beruhigend fand.

»Haltet euch an den Händen!«, wiederholte Henrietta eindringlich, weil Essie natürlich schon wieder eigene Wege ging. Farah drehte sich schulterzuckend zu Henrietta um, dann lief sie weiter, der Freundin nach, die Alex inzwischen bereits eingeholt hatte. Die Eidechsen folgten ihnen.

»Mondlicht! Frisch geerntetes Mondlicht, Schlag zwölf um Mitternacht geschöpft, durch reinste Seide gefiltert und in hochwertige Flaschen abgefüllt!«

Essie blieb vor einem Verkaufsstand voller fein säuberlich etikettierter Flaschen stehen, alle mit einer matt leuchtenden silbrigen Flüssigkeit gefüllt. Der Verkäufer hinter dem Stand wirkte alt und erschöpft, aber als er die staunende Essie bemerkte, musste er lächeln.

»Ist das … wirklich Mondlicht?«, fragte Essie ehrfürchtig. Der Mann schraubte eine Flasche auf und goss in winzige Tassen ein paar Kostproben ein. Er nickte den Kindern zu. »Probiert es mal. Der erste Schluck ist umsonst.«

Essie trank ihr Tässchen sofort aus, während Alex in seines nur kurz die Zungenspitze eintauchte. Dann riss er ungläubig die Augen auf.

»Es ist … zuerst ist es kalt. Dann wärmt es von innen!«

Farah nahm einen ersten Schluck, dann einen zweiten. Etwas an dem Geschmack kam ihr eigenartig vor. Es war nicht bitter, ganz im Gegenteil. Es schmeckte süß und mild, und eigentlich würde es ihr nichts ausmachen, mehr davon zu trinken, wäre es nicht so … so …

»Einsam«, flüsterte Essie und Farah nickte bestätigend.

»Ja«, sagte der Mann leise. »Ja, es ist einsam. Sanft und einsam.«

Sein Gesicht lag im Schatten und Farah empfand plötzlich eine leichte Beunruhigung. Vielleicht war es das, wovor Henrietta sie hatte warnen wollen. Lailat war schön, doch hinter der Schönheit verbarg sich etwas anderes. Sie ergriff wieder Essies Hand und gemeinsam betrachteten sie ihre Umgebung genauer.

Es war ohne Zweifel die Art von Ort, an der Ahmad sich aufhalten würde. Farah stellte sich vor, wie er an den Verkaufsständen entlangging und sich alles anschaute. Er würde einfach nicht widerstehen können, es fiel ja selbst ihr schwer.

Lailat war ein ewiger Jahrmarkt. Ein mottenzerfressener fliegender Teppich breitete sich auf der Straße aus, und als ein Kind hinaufsprang und sich hinsetzte, flog er auf und blieb einige Momente in der Luft, bevor er auf den Boden zurückfiel. Händchen haltende Paare spazierten vorbei und genossen die Attraktionen. Doch Farah fiel auf, dass ihre Gesichter müde wirkten und ihre Hände zitterten.

Ein stechender Schmerz durchfuhr sie, als ihr klar wurde, dass diese Menschen sie an ihren Vater erinnerten. Er sah oft so aus, wenn er nachts lange Überstunden machte und erst heimkam, wenn Farah und Ahmad schon lange schliefen. Und dafür lag er dann noch schnarchend im Bett, wenn sie morgens zur Schule gingen.

Lailat war ein Trostpreis. Ein Trostpreis für die Leute von Paheli. Ein Trost dafür, dass sie kein echtes Leben hatten.

Es war ein Versuch, sie abzulenken, mit einsam schmeckendem Mondlicht und einem Karussell, das ständig seine Gestalt veränderte.

»Konzentrieren wir uns darauf, Ahmad zu finden«, sagte Farah.

»Ja, das ist nämlich der einzige Grund, warum wir hier sind«, meldete Henrietta sich von hinten. »Bitte, haltet Ausschau nach ihm und lauft nicht davon. Wir müssen uns sowieso in Acht nehmen – vor den Schmieraffen.«

»Schmieraffen? Was ist das denn?« Essie schaute sich suchend um.

»Gefährliche Tiere, die dem Architekten treu ergeben sind.« Henrietta reckte den Hals in die Höhe. Dann tippte sie mit der Schnauze Farah an. »Sucht hier in diesem Gebiet, danach gehen wir weiter. Ihr habt nicht mehr viel Zeit, ihr müsst bald zum nächsten Austragungsort.«

Farah schaute ihre Freunde erwartungsvoll an. »Los, Leute. Ich denke, wir sollten uns aufteilen.«

»Einverstanden«, antwortete Essie leichthin, während Alex nur ängstlich die Augen aufriss.

»Wir ziehen uns in die Schatten zurück. Die Menschen hier haben Eidechsen nicht allzu gerne, und die von der Widerstandsliga noch weniger. Überlegt euch gut, wen ihr nach Ahmad fragt und vor allem, *wie* ihr fragt«, warnte Henrietta. »Nicht jeder hier will, dass die Stadt zerstört wird, und es kann passieren, dass jemand euch anzeigt, weil ihr die euch zugestandene Stunde nicht nutzt, um zum Ort der nächsten Herausforderung zu gelangen.«

Frustriert sah Farah sich um, in der Hoffnung, wenigstens ein freundliches Gesicht zu entdecken. Sie entschied sich für einen Mann, der einen fahrbaren Verkaufsstand mit Halwa vor sich herschob. »Essie, gib mir etwas Geld, ich habe eine Idee.«

Essie holte ein paar Münzen aus dem Täschchen im Werkzeuggürtel.

»Äh, bitte drei Stück von denen da«, sagte Farah zu dem

Mann, weil sie glaubte, von ihm leichter Informationen zu erhalten, wenn sie ihm etwas abkaufte.

Er reichte das erste Halwastück Essie und die steckte es sich sofort in den Mund. Farah wartete, bis er die beiden anderen dreieckigen Süßigkeitenstücke zurechtgeschnitten hatte. Der Geruch erinnerte sie an das Halwa, das ihre Mutter machte. Doch als sie ein Stück kostete, war es nicht einmal annähernd so gut.

Der Mann kicherte. »Schluck es nicht gleich runter. Du musst es dir auf der Zunge zergehen lassen, wenn du dir etwas wünschen willst.«

»Etwas wünschen?« Essie lächelte erwartungsvoll. »Darf man sich von diesem Halwa etwas wünschen?«

»Essie …«, begann Farah warnend.

Doch zu spät, denn Essie war ihr Wunsch bereits herausgerutscht: »Ich wünschte mir, ich könnte fliegen!«

Kaum hatte Essie es ausgesprochen, als ihre Füße schon nicht mehr den Boden berührten. Sie sah begeistert aus – ebenso wie Alex, der schnell ein Stück Halwa in den Mund steckte. »Ich auch! Ich auch!«

Kichernd zappelten die beiden in der Luft herum.

Farah behielt ihr Stück in der Hand und verdrehte die Augen. Sie dachte daran, wie begeistert Ahmad davon wäre. »Ist die Wirkung von Dauer?«, fragte sie den Halwa-Verkäufer.

Der Mann schüttelte den Kopf. »Nein, leider hält die Wirkung nur ein paar Minuten an. Es ist so eine Art Partyscherz. Man darf sich auch nichts allzu Ernsthaftes wünschen, das würde nicht funktionieren.«

»Kann ich mir wünschen, dass ich jemanden finde?«, fragte Farah. »Damit ich jemanden zurückbekomme?«

Ich wünsche mir meinen Bruder zurück.

Ich wünsche mir, dass wir ihn finden.

»Ich fürchte, für diese Art von Wünschen ist mein Halwa nicht machtvoll genug«, antwortete der Mann.

Farahs Mut sank. »Vielleicht können Sie uns auf andere Weise helfen. Wir suchen meinen Bruder. Er ist viel jünger als wir, und viel zu jung, um bei diesem Spiel mitzuspielen. Ich … wir müssen ihn unbedingt finden.«

Der Halwa-Verkäufer sah sie mitfühlend an.

»Es tut mir leid, Mädchen, aber ich habe schon seit Langem kein neues Gesicht mehr gesehen.« Er schüttelte wieder mit Nachdruck den Kopf. »Und du kommst mir so bekannt vor, dass mir gar nicht klar war, dass du hier neu bist.«

Als sie das hörte, hätte sich Farah am liebsten auf den Boden gesetzt und nur noch geweint. Sie hatte ihren Kummer so lange in ihrem Inneren verschlossen, tagelang, so kam es ihr vor. Und nun zerriss ihr die Sorge um Ahmad beinahe das Herz. Aber sie durfte nicht weinen. Nicht hier und nicht jetzt, denn sie musste die Zeit, die ihr noch blieb, nutzen, um ihren Bruder zu suchen. Und dann mussten sie die dritte Runde des Spiels gewinnen, damit sie hier aus Paheli rauskamen. Sie alle.

Plötzlich erklang eine Alarmsirene.

»Die Sandpolizei!«, rief ein Händler laut.

»Sie sind hier!«, rief ein anderer.

»Sie haben die Schmieraffen losgelassen!«, schrie ein Dritter.

Der Halwa-Verkäufer sah ängstlich aus und packte seine Waren weg. »Lauft, Kinder! Wenn die Sandpolizei euch hier findet und ihr keine Erlaubnis des Architekten vorweisen könnt, dann seid ihr dran. Hier finden nie Herausforderungen statt, also solltet ihr gar nicht hier sein.« Er schob seinen Verkaufswagen so schnell vor sich her, wie er konnte.

»Henrietta, wie kommen wir hier weg?«, rief Farah verzweifelt. Bevor die Eidechse antworten konnte, teilte sich die Menge und Farah und ihre Freunde sahen eine Hand, die auf sie zeigte.

»Da sind sie! Die Spieler sind nicht zum Austragungsort unterwegs. Schnell, ergreift sie!«

Der Sandpolizist trat beiseite, und nun sah Farah einen mechanischen Affen, der sich an das Bein des Mannes klammerte. Der Affe hatte tief liegende rubinrote Augen, und als sein Blick auf Farah traf, erklang ein blechernes Knurren.

»Wir müssen hier weg!«, schrie Alex.

Farah, Alex und Essie flitzten davon und ließen die Eidechsen zurück.

Die Sandpolizisten und Schmieraffen waren ihnen dicht auf den Fersen.

20

Farah und ihre Freunde rannten ziellos durch Lailat und bogen immer wieder mal nach links, mal nach rechts ab, so schnell, dass die fliegende Sanduhr kaum hinterherkam. Sie erinnerte sie daran, dass ihnen nur noch eine knappe halbe Stunde blieb, um den nächsten Austragungsort zu erreichen. Zu allem Überfluss zogen hinter ihnen auch noch dunkle Unwetterwolken auf.

Sie erreichten einen anderen Teil des Viertels. Hier sah es nicht mehr wie auf einem hübsch herausgeputzten Jahrmarkt aus, sondern eher wie die Gegend, vor der Henrietta sie gewarnt hatte. Die künstliche Nacht war hier dunkler, und der Geruch, der in der Luft lag, erinnerte Farah an gut gefüllte Mülltonnen. In einer schmalen Gasse blieben sie stehen, um zu verschnaufen. Allen dreien dröhnte ihr heftiger Herzschlag in den Ohren.

»Ich glaube … wir haben sie abgehängt«, keuchte Essie.

»Nicht nur sie«, stellte Farah mit Bedauern fest. »Ich habe Henrietta und die anderen Eidechsen schon eine Weile nicht mehr gesehen.«

Farah holte die Karte hervor und Essie die Taschenlampe. Doch die Karte half ihnen nicht wirklich weiter. Sie sahen zwar, dass sie sich immer noch in Lailat befanden, aber das hatten sie vorher schon gewusst. Dennoch hatten sie sich verirrt, denn sie konnten keine Straßen oder Gassen erkennen, die aus dem Viertel hinausführten.

»Na, super«, grummelte Essie. »Wie kommen wir denn jetzt zum Wolkenpalast? Wir müssen zu einer Treppe finden.«

»Und uns bleiben nur noch gut zwanzig Minuten. Der Sand rinnt so schnell durch die Uhr«, sagte Alex, der den Strahl der Taschenlampe auf die Sanduhr gerichtet hatte.

Farah drehte sich um und versuchte, in der Dunkelheit etwas zu erkennen. Es war schwer, in den dunklen Schatten Umrisse auszumachen – aber vielleicht war ihre innere Unruhe auch nur darauf zurückzuführen, dass sie allzu viele unsichtbare Grenzen übertreten hatten, indem sie sich unerlaubterweise in dieses Viertel gewagt hatten.

Sie befanden sich »auf der anderen Seite«. Im Armeleuteviertel. Im gefährlichen Teil der Stadt, in dem das Böse lauerte.

Plötzlich ergriff Essie wie in Panik Farahs Arm und grub ihre Fingernägel hinein. »Farah, bitte sag mir, dass du das auch siehst!«

»Das« war eine Art kleines Jahrmarktzelt, dessen verschlissene Planen verrieten, dass es schon bessere Tage gesehen hatte. Das am Eingang angebrachte Schild aber war neu. In knallroten Buchstaben stand darauf zu lesen:

KOMMT UND BEWUNDERT DEN TIGERMANN, DEN EHEMALIGEN LIEBLING DES ARCHITEKTEN, DEM HERRSCHER VON PAHELI. KEIN ANBLICK FÜR SCHWACHE NERVEN. EINTRITT: FÜNF MÜNZEN. FALSCHGELD NICHT ERWÜNSCHT.

(KEINE RÜCKERSTATTUNG BEI NICHTGEFALLEN.)

»T…T…Tigermann?«, stammelte Alex.

»Äh … ich bin mir sicher, das ist nur so ein Trick«, meinte Farah. »Früher haben Sie auf Jahrmärkten Menschen ausgestellt, die seltsam aussahen, weil sie irgendwelche Krankheiten hatten. Das war grässlich. Heutzutage aber sind es Leute, die verkleidet und geschminkt sind.«

»Als wir das letzte Mal dachten, es sei nur so ein Trick, sind wir in einem Spiel gelandet, das uns gefangen genommen hat«, wandte Essie ein.

Farah beachtete sie nicht. Sie war müde, ihr tat alles weh

und an einem Fuß hatte sie auch noch eine Blase. Zweifel nagten an ihr, aber sie brauchten Informationen, und zwar schnell.

»Kommt, Leute, wir finden hier sicher jemanden, der uns zumindest sagen kann, wo die nächste Treppe ist. Und wenn ihr das Jahrmarktzelt unheimlich findet, dann gehen wir eben einfach nicht rein!« Essie und Alex wirkten nicht überzeugt, doch als Farah weiterging, folgten sie ihr.

Es stellte sich heraus, dass es in dieser Gasse jede Menge weiterer Stände gab, die ähnlich mitgenommen wie der erste aussahen, und an jedem versprach ein Schild eine außergewöhnliche Sensation:

DER BLUTRÜNSTIGE WÜSTENHAI, HINTER DEN FÜNF DÜNEN VON OST-PAHELI GEFANGEN. (BITTE NICHT ANS GLAS KLOPFEN! VORSICHT: BISSIG!)

ALLE ZITTERN VOR KHAWAL DEM EISENFRESSER. ER WURDE ERTAPPT, ALS ER IN DIE HEILIGEN ZAHNRÄDER VON PAHELI BISS, UND ER ENTKAM NUR KNAPP DER TODESSTRAFE.

Alex beugte sich vor, um das zu lesen, was in kleinen Buchstaben darunter stand, und wich dann erschrocken zurück. »Hier steht, dass er die Speere der Sandpolizisten aufgegessen hat, als die ihn einkreisen wollten. Und er hat einem Schmieraffen den Kopf abgebissen.«

»Scheint ja ein angenehmer Zeitgenosse zu sein«, meinte Essie trocken, entfernte sich aber ebenfalls ein paar Schritte weit von dem Zelt.

»Das hier sind Jahrmarktbuden«, sagte Farah. »Offenbar ist doch ganz Lailat ein einziger Jahrmarkt.«

»Das ist ja an sich nichts Schlimmes, aber dann finde ich es doppelt unheimlich, dass niemand an diesen Attraktionen interessiert ist.« Alex kickte gegen einen leeren Verkaufsstand auf Rädern, der daraufhin ein paar Zentimeter weiterrollte. »Wir sind in einer Geisterstadt gelandet, Farah. Ich denke nicht, dass wir hier jemanden finden, der uns weiterhilft.«

Farah seufzte. »Ich glaube, du hast recht«, gab sie zu.

Plötzlich zerriss ein Schrei die Dunkelheit. Jemand rief Farahs Namen … und die Stimme kam ihr sehr bekannt vor.

Ahmad.

Er musste irgendwo hier sein. Sie lauschte konzentriert, in der Hoffnung, dass er nochmals rief. Und tatsächlich: »Farah! Farah!« Es kam aus einem der Zelte, und einen Augenblick lang fürchtete sie schon, der Tigermann oder der Wüstenhai hätten ihren kleinen Bruder gepackt. »Die Zelte!«, rief sie und rannte los. Ihre Freunde folgten ihr dicht auf den Fersen.

»Farah, wo willst du hin?« Essie packte sie vor dem Wüstenhai-Zelt am Arm, als sie dort keuchend anhielt. »Wir müssen zur nächsten Runde. Und zwar sofort, sonst haben wir verloren.«

»Nein!« Farah schüttelte Essies Arm ab. »Ahmad ist hier, ich habe ihn rufen hören. Ich muss ihn da rausholen.«

Alex holte die beiden Mädchen ein. »Du kannst dich nicht von einem Wüstenhai auffressen lassen, Farah. Das können wir uns nicht leisten. Ernsthaft, wenn Ahmad hier wäre, würden wir nach ihm suchen. Aber ich glaube, du hast dir das nur eingebildet, dass er nach dir ruft. Wir haben jedenfalls nichts gehört.« Dann zeigte er auf die neben ihm schwebende Uhr. »Und Essie hat recht, wir dürfen keine Minute mehr verlieren.«

»Nein«, widersprach Farah energisch. »Ich gehe weiter. Mit oder ohne euch.« Sie stürmte die leere Gasse entlang und versuchte auszumachen, woher der Schrei gekommen war.

Sie bog um eine Ecke, dann um die nächste …

Plötzlich stand sie vor einem Zelt, das nicht so verlassen aussah, wie die übrigen. Aus dem Spalt zwischen den Zeltbahnen des Eingangs drang Licht. Farah trat ein.

Sie fand sich in einem staubigen Raum wieder, der mit mottenzerfressenen Vorlegern und einer durchgesessenen Couch ausgestattet war. Eine eulenartig aussehende alte Frau saß an einem rostigen Ofen.

»Ja, meine Liebe? Was suchst du hier um diese Zeit? Wir haben jetzt leider geschlossen.«

»Ich … ich dachte, ich hätte meinen Bruder gehört«, brachte Farah stotternd hervor. »Er ist ungefähr so groß.« Sie hielt eine Hand auf Bauchhöhe. »Er heißt Ahmad. Ich wollte Sie fragen, ob Sie ihn gesehen haben.«

»Ach. Ach so.« Die alte Frau kicherte leise vor sich hin und stand dabei ungelenk auf. Sie hielt Farah ein Fläschchen mit einer trüben Flüssigkeit hin. »Ich denke mal, er ist schon lange wieder weg. Was du gehört hast, war vermutlich das hier.«

Farah schaute sie unsicher an. Dann nahm sie das Fläschchen und zog den Korken heraus. Plötzlich erfüllten Ahmads Schreie das Zelt:

»Farah! Farah!«

»Was ist das denn?«, stieß Farah entsetzt hervor.

Die alte Frau schüttelte den Kopf. »Ich hatte auf eine schöne Kostprobe gehofft, vielleicht ein Gedicht oder einen Abzählreim. Kinderstimmen sind hier heutzutage selten geworden. Aber für den Reis und die Bohnen, die ich vom Abendessen übrig hatte, wollte er mir nicht mehr geben.«

Farah spürte, wie Verzweiflung sie überkam. Sie drehte sich um, in der Hoffnung, dass ihre Freunde sie nicht im Stich gelassen hatten, aber sie waren ihr offenbar nicht gefolgt. Eine weitere Enttäuschung, die sich nur schwer verkraften ließ. Niedergeschlagen verließ sie das Zelt und grübelte bereits darüber nach, wie sie allein weitermachen sollte, als sie merkte, dass Alex und Essie hier draußen auf sie gewartet hatten, aber unnormal still waren.

Bevor sie nach dem Grund dafür fragen konnte, sah sie ihn selbst: Am Ende der Gasse standen zwei grinsende, händereibende Sandpolizisten.

Jetzt, wo sie so nahe waren, bemerkte Farah den eleganten Schnitt ihrer Uniformtuniken und Hosen und auch die lässige Art, in der sie ihre beigen Turbane gewickelt hatten. Schmieraffen konnte sie nirgends entdecken und dennoch löste der Anblick der beiden Männer bei ihr Herzklopfen aus.

Einer der Polizisten sah sie scharf an und begann, an dem Schlagstock herumzuspielen, der an seinem Gürtel hing. Farah atmete hörbar ein.

Sie und ihre beiden Freunde hatten keine Waffen, sie konnten sich nicht wehren.

Was sollten sie jetzt bloß machen?

»Tut uns leid, Kinder, aber diese Attraktionen sind bis auf Weiteres geschlossen«, sagte einer der beiden Sandpolizisten hämisch. »Und Herumlungern ist hier strengstens verboten.«

»Äh … ja, aber wir sind sowieso nach Hause unterwegs«, erwiderte Alex und hakte seine beiden Freundinnen unter.

Die Sandpolizisten schauten künstlich überrascht drein. »Nach Hause?«, sagte der eine zum anderen. »Hat er gerade gesagt, dass sie *nach Hause* gehen?«

Farah ahnte schon, was nun kommen würde, und wollte Essie zurückhalten, doch die ging bereits forsch auf die beiden Polizisten zu. »Ja«, sagte sie selbstbewusst. »Er hat gesagt, dass wir *nach Hause* gehen. Schon mal von einem *Zuhause* gehört?« Sie musterte die beiden Männer von Kopf bis Fuß, und der eine versuchte nervös, ein loses Turbanende festzustecken.

»Wie meinst du das? Natürlich habe ich …«

Sein Kamerad versetzte ihm einen Rippenstoß. »Mann, reiß dich zusammen. Du lässt dich von einer kleinen Rotznase einwickeln.«

»Wir wollen keinen Ärger machen.« Farah wich einen Schritt zurück. »Wir sind unterwegs zum Austragungsort unserer nächsten Spielrunde und haben uns verirrt.«

»Verirrt? Ja, das kannst du laut sagen.« Das Grinsen der beiden Polizisten war so breit und so gefährlich wie das eines Hais. Wieder wanderten ihre Hände zu den Schlagstöcken.

Plötzlich rief jemand über ihnen:

»Vorsicht, da unten!«

Alex blickte nach oben, riss überrascht die Augen auf und zerrte Farah blitzschnell zur Seite. Auch Essie brachte sich in Sicherheit, die beiden Polizisten aber reagierten nicht schnell genug. Es gab einen dumpfen Schlag und zwei Schreie und dann sah man von den beiden Männern nur noch die am Boden liegenden Beine. Der Rest war unter Sandsäcken begraben.

Schockiert starrte Farah sie an. »Was in aller Welt war das?«

Leicht und elegant wie eine Wolke schwebte nun ein Fesselballon herab. Es war keiner der großen auffälligen Exemplare, sondern er war klein und bestand aus einem windschiefen Korb und einem offensichtlich oft geflickten Ballon.

Der Korb riss bei der Landung beinahe eines der verschlissenen Zelte zu Boden. Über seinem Rand tauchte ein Gesicht auf. Trotz der dicken Augenbrauen, die Farah an die ihres Großvaters erinnerten, war es ein überraschend junges Männergesicht. Sein freundliches Lächeln wirkte vertrauenerweckend.

»Kinder, wo wollt ihr denn hin?«, rief der Mann zu ihnen hinunter.

»Zum Wolkenpalast!«, rief Essie hinauf.

»Soll ich euch hinbringen? Das hier ist nicht unbedingt ein Viertel, in dem man sich gerne verirrt.«

Eifrig nickend schubste Farah Alex nach vorne. »Ja, ja. Bitte, gerne. Wie kommen wir zu Ihnen rauf?«

Der junge Mann zeigte auf einen Stapel leerer Kisten. »Ich fürchte, das ist die beste Gangway, die ich euch hier anbieten kann. Aber willkommen an Bord. Ich bin euer Kapitän. Maharadscha Vijay Singh.«

»Sind Sie ein echter Maharadscha?«, fragte Farah misstrauisch.

»Nein, das ist nur mein Künstlername als Fesselballonpilot. Alle anderen Fragen aber bitte erst später.« Er streckte ihnen eine Hand entgegen.

Es stellte sich heraus, dass Vijay nicht nur einen festen Griff und kräftige Arme hatte (selbst Essie, die Schwerste der drei, zog er mühelos hoch), sondern auch ein ausgezeichneter Ballonpilot war. Dennoch hatte Farah Verständnis dafür, dass Alex, sobald er im Korb gelandet war, die Augen zukniff, die Hände darüber presste und Essie anwies, ihn mit Details ihres Aufstiegs und Fluges zur sechsten Ebene der Stadt zu verschonen. Auch Farah war unbehaglich zumute, bis ihr bewusst wurde, dass Korb und Ballon weder schwankten noch wild schaukelten, sondern eher durch die Luft dümpelten, so sanft wie ein Boot bei ruhiger See. Es war tatsächlich sehr … angenehm.

»Okay, du kannst jetzt wieder gucken, wenn du willst«, sagte Vijay nach einer Weile belustigt.

Farah neigte ganz vorsichtig den Kopf, um jede heftige Bewegung zu vermeiden, und hätte beinahe laut aufgeschrien. Unter ihnen lag Paheli, die Stadt der tausend Türme, in ein freundliches Sonnenuntergangsrosa getaucht. Als sie durch die Dünen, durch die Gassen und Straßen gewandert waren, war es für sie nur schwer vorstellbar gewesen, dass sie sich tatsächlich in einer anderen Welt befanden. Jetzt aber, wo sich Paheli wie eine Patchworkdecke aus Sandflächen, Oasen, grünen Parks, grauen Stadtvierteln und farbenfrohen Palästen unter ihnen ausbreitete, war es nicht mehr zu übersehen.

»Es sieht alles so trocken aus«, meinte Essie. Verwegen wie üblich, lehnte sie sich jetzt so weit über den Korbrand, dass es schon gefährlich aussah. Farah packte die Freundin um die Taille, damit sie nicht vor lauter Begeisterung aus dem Korb purzelte.

»Regnet es hier denn nie?«, erkundigte sich Essie.

»Nur, wenn der Architekt es will«, rief Vijay hinüber. »Aber das kommt selten vor. Ich glaube, ihr wisst inzwischen, dass er ziemlich launisch ist.«

Als Farah sich an das Gefühl, zu schweben, gewöhnt hatte, wurde ihr allmählich bewusst, was sie getan hatten: Sie hatten sich in die Lüfte abgesetzt und sich dabei voll und ganz einem Mann ausgeliefert, den sie überhaupt nicht kannten – nur weil dieser ein sympathisches Lächeln besaß und sie vor den Sandpolizisten gerettet hatte.

Worauf hatten sie sich jetzt nur wieder eingelassen?

21

»So, jetzt müssen wir nur noch ein bisschen weiter aufsteigen. Der Wolkenpalast ist der höchste Punkt der Stadt.«

Farah fand es beunruhigend, dass Vijay, nachdem er das gesagt hatte, das Steuerrad losließ, aber er lachte, als er ihren Gesichtsausdruck sah. »Keine Angst, ich fliege schon seit vielen Jahren. Mach dir keine Sorgen, ich bringe euch schnell und sicher zum Palast.«

»Aber wie können wir uns darauf verlassen?« Farah wollte das auch gerade fragen, doch Alex war ihr zuvorgekommen. Er war grün im Gesicht, aber er hielt sich wenigstens nicht mehr die Augen zu. »Woher sollen wir wissen, dass Sie wirklich auf unserer Seite sind?«

»Alex!«, zischte Essie, die ganz offensichtlich von Vijays Rechtschaffenheit überzeugt war. »Er hat uns gerettet!«

Doch Vijay schaute die drei nachdenklich an.

»Ihr seid doch Spieler, richtig? Sagen wir mal so: Ich bin durch dieselbe Schule gegangen wie ihr. Glaubt mir bitte, ihr könnt euch auf mich verlassen«, sagte er.

»Sie … Sie waren auch ein Spieler?«, fragte Farah überrascht. »Aber Sie sind doch …«

Vijay lächelte traurig. »Die Jahre vergehen, sogar hier in Paheli. Und ich stecke hier schon lange Zeit fest.«

Farah spürte, wie sie vor Scham errötete. Dieses Spiel machte sie immer nervöser, ängstlicher und misstrauischer. Es machte sie zu einer anderen. Zu jemandem, die sie nicht war. »Vernünftig« war nicht gleichbedeutend mit »misstrauisch«, und es sollte nicht zur Folge haben, dass man in jedem Fremden zunächst einen Feind sah. So hatten sich andere ihr gegenüber verhalten, in der anderen, für sie bisher einzig wirklichen Welt, weil sie ihren Schal, ihre Hautfarbe und ihren Namen ungewöhnlich gefunden hatten.

»Ich habe damals meine Teampartnerin verloren«, sagte Vijay.

Alex nickte mitfühlend. »Das tut mir leid …«

Vijay hob die Hand und unterbrach ihn. »Glaubt mir, ich weiß, wie es ist. Ich habe es auch schon durchgemacht. Hört nie auf, das infrage zu stellen, was ihr seht, denn hier verhält sich nichts so, wie ihr es gewohnt seid. Zum Beispiel … ich zeige euch mal was.«

»Aber … die Zeit läuft!«, rief Alex aus.

Vijay warf einen prüfenden Blick auf die Uhr. »Uns bleiben noch zehn Minuten und das hier dauert nur drei. Ich verspreche, dass ich euch dort pünktlich hinbringe. Schließlich will ich ja auch, dass ihr gewinnt, damit ich hier rauskomme.«

Er griff mit einer Hand nach dem Steuerrad und mit der anderen betätigte er einen Holzhebel, von dem der rote Lackanstrich abblätterte. Der Korb stieg ruckhaft an und die drei hielten sich instinktiv am Korbrand fest. Höher und höher stiegen sie zwischen den Wolken auf.

»Moment mal!«, rief Alex verwundert. »Ist das hier denn ein richtiger Himmel? Dann müssten wir doch logischerweise aus dem Spiel hinausfliegen können, oder aber zumindest an einen anderen Ort, der mit Paheli nichts zu tun hat?«

Vijay schüttelte den Kopf. »Ich zeige es euch gleich.«

Wieder und wieder zog er den Holzgriff hoch und drückte ihn dann nach unten. Farah wurde schwindelig, ihre Ohren gingen zu. Essie brach in ein eigenartiges Lachen aus. »Ich spüre mein Gesicht nicht mehr!«

»Wir sollten jetzt …«

Der Korb machte eine Satz nach vorne. Es ging so schnell, dass Farah nicht einmal Zeit hatte aufzuschreien. Alex ließ sich auf den Korbboden fallen. Ihm war wieder schlecht. Sie sanken im Sturzflug. Vijay gab ein heiseres »Ha!« von sich und drückte mit aller Kraft den Griff hinunter. Der Ballon hüpfte in der Luft zur Seite, dann balancierte er sich wieder aus und schwebte so ruhig weiter wie zuvor.

»Alles in Ordnung?«, fragte Vijay fröhlich, so als ob nichts gewesen wäre. Alex hielt sich erneut die Augen zu, während Farah sich bemühte, gleichmäßiger zu atmen, damit sich auch ihr Herzschlag beruhigte. Essie aber sprang vergnügt und mit rosigen Wangen vom Korbboden auf.

»Das war klasse! Können wir das bitte noch mal machen?«

»Nein!«, protestierten Farah und Alex gleichzeitig, und Alex fügte leise hinzu: »Bitte nicht, ich glaube nicht, dass mein Magen das noch einmal aushält.«

Vijay lachte. »Es tut mir leid. Glaube mir, mit der Zeit gewöhnt man sich daran. Aber schaut mal, wo wir jetzt sind.«

Farah und Alex steckten zögernd die Köpfe über den Korbrand – und kamen aus dem Staunen nicht mehr heraus. Denn sie schwebten nun hoch über der obersten Ebene der Stadt. Farah reckte den Hals, um an dem Fesselballon vorbei nach oben zu schauen, und meinte, über den wattigen Wolken etwas Bräunliches aufblitzen zu sehen. Aber keine Sonne.

»Das sind die Ecken des Spielbretts«, sagte sie grimmig, und Vijay nickte.

»Ja, die Grenzen von Paheli. Ich bin anfangs oft dorthin geflogen und immer von einem heftigen Windstoß zurückgerissen worden. Dann dachte ich, ich könnte hinausfliegen, wenn ich den Ballon im richtigen Moment beschleunigen ließ, doch auch das half nicht.« Vijay drehte sich zu Farah um und blickte sie auf einmal ganz seltsam an. »Jetzt, wo ich dich in vollem Licht sehe, kommst du mir eigenartig vertraut vor. So als ob du schon mal hier gewesen wärst, obwohl ich weiß, dass das unmöglich ist. Bei Paheli kann man nur einmal mitspielen.

»*Wenn ihr gewinnt, zerstört ihr das Spiel – wenn ihr verliert, bleibt ihr auf ewig in ihm gefangen*«, wiederholte Farah, was Tante Zohra zu ihr gesagt hatte. Vijay nickte und schaute Farah fragend an.

»Ich glaube, ich träume«, stieß er hervor. Er schüttelte den Kopf. »Du erinnerst mich an meine Freundin Zohra, weißt du?«

Farah zuckte zusammen. Das konnte doch nicht sein? »Moment mal! Haben Sie ›Zohra‹ gesagt? Meinen Sie etwa Zohra Bhuiyan?«

Vijay begann, auf den Fersen zu wippen, ohne den Blick von Farah zu lösen. Ihr wurde klar, dass er versuchte, ihr Alter zu schätzen. »Ist sie deine Mutter?«, fragte er.

»Nein, sie ist meine Tante«, antwortete Farah. »Moms jüngere Schwester.«

»Ich wusste es! Ich hatte gleich so ein komisches Gefühl«, sagte er. »Du siehst genauso aus wie sie!«

Farah wollte ihm da vehement widersprechen, doch Vijay fuhr fort: »Ich weiß nicht einmal, wie das Spiel uns gefunden hat. Eines Tages stand die Schachtel in meinem Zimmer, im Regal. Wenn mir die schöne Holzschachtel doch niemals aufgefallen wäre!«

»Sie sind der Freund, den sie retten wollte. Der, den sie nicht mehr finden konnte«, sagte Farah langsam.

»Wir verloren einander. Sie suchte nach mir, anstatt weiterzuspielen, und deshalb warf der Architekt sie aus dem Spiel hinaus. Zumindest glaube ich, dass sie entkam«, erzählte Vijay und lenkte den Ballon weiter aufwärts.

Alex klammerte sich mit beiden Händen an die Korbwände. Essie dagegen hörte gebannt zu.

In Farahs Ohren hallte Tante Zohras traurige Stimme.

Es lockt Kinder an.

Ich wurde ausgestoßen, weil ich nicht alle Herausforderungen angenommen habe.

Ich konnte nicht einmal mehr meinen Freund wiederfinden, der darin verloren gegangen ist.

»Wir wurden getrennt. Das Spiel hat mir meine Jugend genommen«, sagte Vijay verbittert. »In der wirklichen Welt hatte ich eine Familie. Eltern. Gute Eltern, die aufpassten, dass ich etwas Vernünftiges aß und meine Hausaufgaben machte, und die mich abends ins Bett brachten. Ich hatte auch zwei jüngere Brüder, die gerne bei mir in meinem Bett einschliefen und mir dann immer die Decke wegzogen.«

Alex musste schlucken. Farah rieb sich die Augen.

»Zohra wohnte nebenan, und an jenem Nachmittag kletterte sie über den Gartenzaun und wir setzten uns in unseren Garten und spielten das Spiel.« Vijays Blick verlor sich in der Ferne. »Wie geht es ihr denn? Ich kann sie mir gar nicht als Erwachsene vorstellen. Ich sehe immer nur ihr junges Gesicht vor mir und es sieht genau wie dein Gesicht aus. Sie war ein Mädchen mit verwuscheltem Haar, das immer dünn blieb, egal wie viel sie aß.«

»Es geht ihr gut«, log Farah. Sie sah wieder ihre Tante vor sich, wie sie an dem Nachmittag neben dem Spielbrett gesessen und sie ins Spiel geschickt hatte, in der Hoffnung, sie würden gewinnen.

»Wie seid ihr an das Spiel gekommen?«, fragte Vijay.

»Es war ein Versehen, ein Missgeschick«, erklärte Farah. »An meinem zwölften Geburtstag. Zohra *Masi* sagte, sie hätte ein paar Bücher für mich eingepackt. Das Spiel hat sich an ihre Stelle geschmuggelt.«

»Am zwölften Geburtstag … Unglaublich! Bei uns war es auch so: Das Spiel lockte uns an meinem Geburtstag hierher. Anscheinend macht es das immer so. Okay.« Er lächelte wieder. »Wenn du Zohras Nichte bist, dann betrachte dich als Teil meiner Familie. Du kannst mich Vijay *Bhai* nennen, großer Bruder. Für einen Onkel fühle ich mich noch zu jung. Was nicht heißen soll, dass ich Zohra alt finde.«

Farah lächelte und nickte. »Wenn du hier nicht rausfliegen konntest, hast du dann nicht versucht, auf andere Weise rauszukommen?«, fragte sie ihn.

»Ja, immer und immer wieder. Jeder sagt, dass es noch eine Möglichkeit gibt, Paheli zu verlassen, aber niemand weiß, wo man dann hinkommt. Habt ihr den Sandzug gesehen? Es heißt, dass Titus Salt der Schaffner ist und dass der Zug zu dem Dschinn fährt, der diese Welt erschaffen hat. Ich wollte zu dem Dschinn und ihn bitten, mich freizulassen, doch es ist mir nie gelungen, zu ihm zu gelangen …«

Vijay verstummte, so als hätten ihn furchtbare Erinnerungen eingeholt.

»Aber irgendetwas sagt mir, dass eure Geschichte gut ausgeht«, meinte er nach einer Weile. »Ihr habt noch einen weiteren Grund dafür, gewinnen zu wollen, und das schenkt mir die Hoffnung, dass ihr das Spiel tatsächlich beenden und dadurch alle befreien könnt: euch selbst, alle, die hier gefangen sind, und damit auch mich. Bisher hat es noch kein einziges Team bis zur dritten Herausforderung geschafft.«

Alex brachte ein zaghaftes Lächeln zustande, während Essie zuversichtlich nickte.

Vijay lenkte den Ballon zur vergoldeten Landestelle des Wolkenpalasts. Es brauchte viel Überzeugungskraft, bis Alex den Korbrand losließ und mit wackeligen Beinen zur anderen Seite hinüberging, um aus dem Korb zu klettern.

»Ich … hasse … das Fliegen«, stammelte er, nachdem sie alle vier ausgestiegen waren. »Ich finde Aerodynamik faszinierend, und auch die ganzen Theorien, die damit zusammenhängen. Aber das Fliegen selbst …«

»Na, jetzt hast du es jedenfalls geschafft, Alex«, sagte Essie und klang dabei überraschend verständnisvoll. Doch als sie dann zu Farah hinüberschaute, verdrehte sie die Augen. Farah schüttelte leicht den Kopf. Alex hatte jedes Recht, sich zu beklagen. Schließlich war sie es gewesen, die ihre Freunde in dieses Abenteuer mitgeschleppt hatte, und keiner hatte ahnen können, worauf sie sich einließen. Eigentlich waren Alex und Essie ja nur zu ihr gekommen, um ihr zum Geburtstag zu gratulieren, Spaß zu haben und Kuchen und leckere Snacks zu essen …

In diesem Moment spie das Minarett erneut rote und weiße Funken.

»Zeit für die letzte Runde«, sagte Farah, und in ihrer Stimme schwang Angst mit.

22

Im Laufschritt gelangten sie auf einen unglaublich prachtvollen Innenhof: Die Böden waren aus Marmor, die Wände mit wunderschönen bunten Mosaikfliesen verkleidet und das durch die kunstvoll durchbrochenen Fenster fallende Licht bildete Muster am Boden. Über ihnen wölbte sich eine blau gestrichene Kuppel als künstlicher Himmel, die mit Vögeln und anderen aus Gips geformten Ornamenten verziert war.

Ein mechanischer Vogel mit einem Kärtchen im Schnabel kam angeflogen. Alex streckte einen Arm aus und der Vogel landete darauf. Sobald Alex ihm das Kärtchen aus dem Schnabel gezogen hatte, flog er wieder davon.

»Was steht denn drauf?«, fragte Essie.

Alex las vor: »*Benutzt die Buchstaben, um eure letzte Mitteilung zu schreiben. Passt auf, denn nicht alles liest sich so, wie es sollte. Bittet die Vögel um Hilfe.*« Alex drehte das Kärtchen um, doch die Rückseite war leer. »Das macht doch überhaupt keinen Sinn.«

Plötzlich begannen die kleinen Mosaikfliesen an den Wänden zu leuchten. Geblendet schirmten Farah und ihre Freunde ihre Augen mit der Hand ab. Die Fliesen veränderten ihre Farben und sahen schließlich alle wie aus glänzendem Gold aus. Dann erschienen Buchstaben auf ihnen, die sich bewegten und nach unten bis auf den Marmorfußboden wanderten, und das so schnell, dass man sie gar nicht mehr im Auge behalten konnte.

Gleichzeitig wurden die Stuckaturen an der Decke lebendig. Kleine bunte Vögel breiteten ihre Flügel aus und flogen von ihren Gipszweigen hinunter. Ihre Augen waren funkelnde Edelsteine und ihr Gefieder wirkte starr und hart. Sie zwitscherten unangenehm hohe Töne und flogen schnurstracks auf die drei Freunde los, nur um dann knapp über ihren Köpfen vorbeizufliegen.

»Vorsicht!« Vijay zerrte die drei hinunter auf den Boden und schirmte sie mit seinen Armen vor den Vögeln ab.

Doch offenbar hatten es diese gar nicht auf die Eindringlinge abgesehen, sondern flogen auf die Wände zu. Hier lösten sie mit den Schnäbeln die kleinen Fliesen mit den Buchstaben ab und trugen sie zum Boden, um sie dort fein säuberlich übereinanderzustapeln. Nachdem alle Buchstabenfliesen von den Wänden gelöst und am Boden abgelegt worden waren, kehrten die Vögel auf ihre alten Plätze an der Decke zurück.

Alex betrachtete sie misstrauisch. »Glaubt ihr, die kommen wieder? Die sind ganz schön gruselig.«

»Ich weiß nicht«, erwiderte Farah. »Wir sollten uns schnell an die Arbeit machen, bevor sie zurückkehren.«

Vijay zog sich ein paar Schritte in Richtung ihres Ballonlandeplatzes zurück. »Wie ihr wisst, darf ich euch nicht helfen. Aber ich bleibe in der Nähe und werde euch anfeuern!«

»Danke, Vijay *Bhai*«, sagte Farah, die sich bereits hingekniet hatte, um sich die Buchstabenfliesen genauer anzusehen. »Es sind verschiedene Gruppen. Es gibt auch Fliesen mit Zahlen. Die vom ersten Stapel haben drei Zahlen und die vom zweiten fünf.«

»Hmmm!«, machte Essie nachdenklich.

Nun, wo die magische Verwandlung vorbei war, wirkten die Fliesen eher klein und unscheinbar. Farah legte die Fliesen jedes Stapels nebeneinander, damit sie sie alle vor Augen hatten. Ob sie vielleicht die Zahlen addieren sollten? Farah sagte die Zahlen und Summen laut auf, aber weil daraufhin nichts geschah, schien dies nicht die richtige Vorgehensweise zu sein.

»Warum sind da Zahlen, wenn wir eigentlich Wörter zusammensetzen sollen?«, fragte Farah.

»Keine Ahnung.« Alex setzte sich im Schneidersitz zu den beiden Mädchen.

Farah schob die Fliesen mit dem Finger auf dem Fußboden herum.

»Es muss ein Code sein. Oder ein Rätsel«, meinte Alex. »Versuchen wir einfach mal, Wörter zu bilden.«

Essie fuchtelte mit den Händen herum, um einen Paradiesvogel zu vertreiben. Seine harten Gipsflügel streiften jedes Mal, wenn sie die Fliesen neu zusammenlegten, quietschend die Wand. Vijay sah ihnen vom Türrahmen aus gespannt zu. Nur ab und zu drehte er sich zu einem Fenster um und kontrollierte, ob mit seinem Ballon noch alles in Ordnung war.

»Denkt an die Zeit«, erinnerte Vijay die drei und versuchte dabei, nicht so ängstlich zu klingen, wie er in Wirklichkeit war. »Es ist schon so viel Sand durch die Uhr gelaufen.«

Alex sah zur Uhr und erschrak. »Uns bleiben nur noch fünfzehn Minuten!«

»Das kann nicht sein. Wir können nicht schon 45 Minuten hier sein«, widersprach Essie.

»Schau doch selbst auf die Uhr«, sagte Alex.

»Das Spiel schummelt«, stellte Farah fest und stand auf. »Die Uhr lässt den Sand viel zu schnell durchrinnen. Sie will nicht, dass wir gewinnen.«

»Wir müssen herausfinden, wie dieses Spiel hier funktioniert. Und zwar *jetzt*!«, drängte Essie.

»Ich habe eine Idee!«, rief Farah aus. Ihr war aufgefallen, dass es ebenso viele Buchstabenfliesen wie Zahlenfliesen gab. Sie legte die Fliesen so, dass jedem Buchstaben eine Zahl entsprach: dem A die 1, dem B die 2, dem C die 3 und so weiter. »Das scheint Sinn zu machen, denn 26 ist die höchste Zahl, die wir hier haben. Aber wie geht es weiter? Ist es doch ein Code?«

»Diese Methode wird verwendet, um Codes zu entschlüsseln«, meinte Alex. »Wir haben aber keinen Text, den wir entschlüsseln könnten.« Er stützte den Kopf in die Hände.

»Also, hast du vielleicht irgendwelche Vorschläge?«, fragte Farah genervt.

»Du bist doch derjenige, der gut mit Buchstaben und Silbenrätseln ist«, unterstützte Essie die Freundin.

Alex verzog das Gesicht. »Ich kann nicht denken, ich kann wirklich nicht mehr denken. Ich bin so schrecklich müde und ich will nur noch nach Hause.«

»Wir wollen alle nach Hause!«, fuhr Essie ihn an. »Und müde sind wir auch.«

»Ich will nur noch Ahmad finden und hier rauskommen. Aber wir können nicht einfach raus. Wir müssen spielen.« Farah nahm eine Fliese in die Hand und betrachtete sie von allen Seiten. Aus der Nähe sah sie noch gewöhnlicher aus. Sie war nicht so kunstvoll gearbeitet oder so schön bunt wie die, die an den Wänden geblieben waren, sondern sah wie eine flache kleine Glasplatte aus. Doch irgendetwas an dieser Fliese löste bei Farah eine vage Erinnerung aus. Die Fliese erinnerte sie an … an etwas, das mit einem Spiel zu tun hatte.

Im nächsten Augenblick fiel es ihr ein.

»Scrabble!« Sie wedelte mit der Fliese vor Alex' Gesicht herum. »Das ist ein Scrabblestein, nicht wahr? Oder wenigstens so etwas Ähnliches?«

Als Farah noch in Queens gewohnt hatte und ihr Freunde-Trio in der Nachbarschaft als die Drei Musketiere bekannt gewesen war, hatte es ein Spiel gegeben, das nie hervorgeholt, ja nicht einmal erwähnt worden war. Das war ein ehernes Gesetz gewesen, das sie nie gebrochen hatten, nicht einmal an extrem regnerischen Sonntagnachmittagen, wenn überhaupt nichts im Fernsehen kam. Dieses Spiel hieß »Scrabble«.

Farah hasste es, weil es ihr einfach nie gelang, Wörter zu finden, die länger als die von Alex waren. Essie hasste es, weil die vielen kleinen Buchstabensteine sie wahnsinnig machten. Und Alex hasste es, weil die beiden anderen für ihn bei diesem Spiel einfach keine ebenbürtigen Gegner waren.

Alex zog eine Grimasse. »Jetzt wo du es sagst … ja, kann sein.«

»Es sieht sogar total wie ein Scrabblestein aus!«

»Wartet mal! Wie hieß es in der Anleitung?«, fragte Essie.

Alex las noch einmal vor: »*Benutzt die Buchstaben, um eure letzte Mitteilung zu schreiben. Passt auf, denn nicht alles liest sich so, wie es sollte. Bittet die Vögel um Hilfe.*«

»Bittet die Vögel um Hilfe!«, wiederholte Essie.

»Essie, wir müssen uns konzentrieren. Ich glaube, ich weiß jetzt, wie es geht«, sagte Farah.

»Wie sollen wir denn aus den Fliesen Wörter bilden? Das dauert viel zu lange. Es muss um etwas anderes gehen«, sagte Essie und starrte den seltsamen Paradiesvogel an.

Trotzdem begann Farah, aus Buchstabenfliesen Wörter zusammenzusetzen. »Schaut mal!«

»Aber es sind so viele Fliesen, wir könnten Tausende von Wörtern daraus legen. Das würde den ganzen Tag dauern!«, sagte Alex. »Wirklich Tausende! Ich sehe ›Tee‹ und ›Baum‹ und ›da‹ und ›zierlich‹ und ›Treppenstufe‹ … Versteht ihr?«

Farah geriet wieder in Panik. »Uns bleiben nur noch fünf Minuten!« Sie konnte die Vorstellung, den Rest ihres Lebens in dieser künstlichen Spielwelt verbringen zu müssen, nicht ertragen. Doch sie unterdrückte die Tränen. Sie durfte einfach nicht aufgeben. Zu viele Menschen waren auf sie angewiesen, angefangen von Ahmad über ihre Freunde bis hin zu Vijay und allen anderen, die in Paheli gefangen waren. Sie mussten gewinnen! »So helft mir doch!«

»Vogel!«, rief Essie. »Hilf uns!«

Der Paradiesvogel kam von der Decke geflogen und landete bei einem Stapel Buchstabenfliesen. Er legte sieben Zahlenfliesen nebeneinander aus: 2, 6, 3, 6, 8, 3 und 4. Dann legte er unter jede Zahl entsprechend viele Buchstabenfliesen, mit dem Buchstaben nach unten.

»Ach so! Das erste Wort hat zwei Buchstaben – das will er uns zeigen!« Alex sprang auf und deckte die zwei Buchstabenfliesen M und I auf. »Das war leicht: ›Im‹. Er bedeutete Farah und Essie, sich jeweils Zahlen auszusuchen.

Von nun an ging es schnell. Aus Z, E, E, R, H, N wurde ›Herzen‹, aus N, V, O wurde ›von‹. Aus H, A, L, P, E, I legte Essie ›Paheli‹.

»Es funktioniert!«, rief Farah.

»Ja!«, jubelte Alex und gab Essie ein High five.

Farah spürte so etwas wie Erleichterung.

Da aber erklang vom Minarett her das laute Donnern. Das Sirren der Zahnräder, das sie bisher immer gehört hatten, verstummte.

Die Spielzeit war vorbei und sie hatten noch ganze drei Wörter nicht gelegt.

Sie hatten verloren.

23

Farah erstarrte und es kam ihr vor, als wäre sie plötzlich am Fußboden festgewachsen. Ahmads Gesicht blitzte vor ihrem inneren Auge auf und etwas zog schmerzhaft in ihrer Brust. Essie schwankte, dann stürzte sie zu Boden und die Tränen liefen ihr über das Gesicht. Alex schluchzte leise. Vijay sank an der Wand herunter, an der er gelehnt hatte, zog die Knie an und versenkte das Gesicht in seinen gekreuzten Armen.

Sie hatten verloren.

Sie mussten für immer hierbleiben.

All die Hoffnung, die ihnen Kraft gegeben hatte, verpuffte. Sie hatten verloren, bei einem Spiel, in dem es um ihr Leben gegangen war.

Ahmad! Wie konnte sie ihn jetzt retten? Sie hatte nicht einmal sich selbst retten können.

Baba hätte gesagt, dass die Herausforderung darin bestand, sich auf das Spiel einzulassen. Mirzas spielten stolz und mit Selbstvertrauen. Mom würde dann noch sagen, dass Verlieren den Charakter stärke und dass Mirzas auch gute Verlierer waren. Farah fragte sich, was ihr all das jetzt noch nützte. Und stolz auf sich war sie ganz und gar nicht. Sie nahm einen Stapel Buchstabenfliesen auf und schleuderte ihn auf den Boden. Die Fliesen klirrten beim Aufprall nicht mal anständig, sondern schlugen nur mit einem dumpfen Klatschen auf.

Sie hatte ihre Freunde enttäuscht.

Sie hatte Henrietta und Vijay enttäuscht.

Sie hatte sich selbst enttäuscht.

Und, was das Schlimmste war: Sie konnte ihren Bruder nicht mehr retten. Oder auch nur finden.

Zum ersten Mal, seit sie in das Spiel geraten waren, konnte sie das Bedürfnis zu weinen nicht mehr unterdrücken, und heiße Tränen rollten ihre Wangen hinunter. Die Hände hatte sie zu Fäusten geballt. Eine Vorstellung vom Architekten drängte sich ihr auf: ein selbstgerechter, dicker alter Mann, der alle anderen Menschen behandelte, als seien sie sein Spielzeug, und sich immer grausamere Spiele und Fallen für sie ausdachte.

Schummler haben nie Erfolg, pflegte Baba immer zu sagen.

Doch dieser hier war erfolgreich, und die Wut darüber brannte in ihr wie Feuer.

Plötzlich hatte Farah das Gefühl, beobachtet zu werden. Sie schaute auf und sah Henrietta Peel, die, so schnell sie konnte, auf sie zukam. Die übrigen Eidechsen folgten. Henrietta war völlig außer Atem, die Zunge hing ihr seitlich aus dem Maul.

»Es tut mir leid«, sagte Farah heiser. »Wir haben euch enttäuscht.«

»Ihr seid nicht die Ersten, die gescheitert sind«, erwiderte Henrietta. »Ihr seid weiter gekommen als alle anderen zuvor. Vor allem aber habt ihr uns die Kraft geschenkt, wieder zu hoffen …«

Ein klackerndes Geräusch ließ sie verstummen. Ein kleiner mechanischer Affe kam in den Saal gehüpft. Er trug eine altmodische Pagenuniform. Die Eidechsen fauchten ihn an.

Ungerührt rollte der Affe eine Papierrolle auf und las vor: »*Liebe Farah, Essie und Alex, der Architekt hat an dem Spiel mit Euch viel Freude. Deshalb hat er beschlossen, Euch eine weitere Herausforderung zuzugestehen. Der edle und großzügige Architekt würde es allzu sehr bedauern, wenn das Spiel jetzt schon beendet wäre, da Ihr die anspruchsvollsten Gegner seid, die er seit Langem hatte. Er entschuldigt sich für das Schummeln mit der Uhr. Für die nächste Herausforderung werdet Ihr sie nicht mehr brauchen. Begebt Euch unverzüglich zu Sandesh's Süßwarenladen auf der vierten Ebene der Stadt. Viel Glück!*«

Der mechanische Affe rollte das Papier wieder zusammen und hüpfte davon. Nach ein paar Metern aber drehte er sich noch einmal um. »Und noch ein guter Rat: Lasst Euch nicht von Eurer Zunge täuschen. Wer zu früh spricht, hat schnell einen bitteren Nachgeschmack im Mund.«

Entgeistert starrte Farah den künstlichen Affen an. Henrietta schlug mit dem Schwanz auf den Boden und der Knall riss Farah schließlich aus ihrer Betäubung.

»Wir haben noch eine Chance bekommen!«, rief Essie lachend und machte vor Freude einen Luftsprung. »Auf, zu diesem Süßwarenladen!«

»Ihr habt es geschafft«, sagte Henrietta, »noch ist nichts verloren!«

Wieder donnerte das Minarett und gleich darauf begann das leise Sirren der Zahnräder.

Auch die Eidechsen jubelten.

Farah wusste, eigentlich sollte sie sich ebenfalls freuen. Oder sich zumindest … ja, erleichtert fühlen, und froh darüber sein, dass all die bisherigen Mühen und Anstrengungen nicht umsonst gewesen waren. Und auch ein bisschen stolz darauf sein, dass sie sich eine weitere Chance verdient hatten.

Sie steckte eine Hand in die Tasche und ihre Finger ertasteten kühles Metall. Der Puzzlering. Madame Nasirah hatte gesagt, er würde ihnen Glück bringen und könnte Schummler entlarven. Natürlich, der Architekt! Sie musste ihn gemeint haben. Aber wie konnte der Ring ihnen weiterhelfen?

Irgendetwas stimmte da nicht. Warum gab er ihnen denn überhaupt noch eine Chance? Warum behielt er sie nicht einfach in seiner künstlichen Welt, wie all die anderen Spieler?

»Was, wenn das nur ein Trick ist?«, fragte sie Henrietta.

»Na ja«, erwiderte die Eidechse nachdenklich. »Er könnte es tun, um euch von irgendetwas Wichtigem abzulenken, so wie er es jetzt schon die ganze Zeit über getan hat. Aber ich lebe inzwischen seit so vielen Jahren in diesem Albtraum von einem Spiel und habe mehr Spieler kommen und verlieren sehen, als mir lieb ist. Wenn ich sage, dass es so etwas noch nie gegeben hat, dann meine ich das auch so. Dies ist genau die Chance, auf die meine Außerordentliche Widerstandsliga gewartet hat! Etwas Außergewöhnliches, das wir uns zunutze machen können.«

Farahs Blick wanderte von Henriettas eifriger Miene zu den hoffnungsvollen Gesichtern von Essie, Alex und Vijay. Sie glaubten fest daran, wirklich noch eine weitere Chance bekommen zu haben. Warum konnte sie, Farah, es dann nicht glauben? Sie bemühte sich, ein Lächeln aufzusetzen, während sie Henrietta eine Wendeltreppe hinunter zur vierten Ebene der Stadt folgte. Essie drückte ihre Schulter und sagte: »Wir können es schaffen! Wir kommen hier raus und dürfen wieder nach Hause.« Farah versuchte, zuversichtlich auszusehen, versuchte, so begeistert wie Alex zu lächeln. Sie winkte Vijay zu, der zu seinem Ballon ging, um mit ihm zur vierten Ebene abzusteigen.

Doch Farah fiel es schwer, sich zu verstellen. Denn so spielten Mirzas nicht.

24

»Farah, wir haben deinen Bruder gefunden«, sagte Henrietta ganz beiläufig, so als mache sie eine Bemerkung über das Wetter. »Er hat eine Spur aus süßen Käsekugeln gelegt und wir sind ihr gefolgt. Ein schlauer Junge, auf seine Weise. Vielleicht hat er gedacht, dass wir bengalische Süßigkeiten lieben. Nicht dass wir sie nicht mögen, wir bekommen sie nur praktisch nie vorgesetzt.«

Farah dachte, sie hätte sich verhört. »Wie bitte?«

»Bengalische Süßigkeiten. *Chenna Murki*, genauer gesagt.«

»Ihr habt meinen Bruder gefunden?«, brachte Farah krächzend hervor.

»Ja, ein kleiner Junge, der dir sehr ähnlich sieht, mit kurzen Haaren und sehr, sehr viel Temperament.« Henrietta zwinkerte ihr zu. »Ja, wir haben ihn. Mein vertrauenswürdiger Assistent Sebastian Winter passt auf ihn auf. Der arme kleine Junge ist ziemlich ausgehungert. Aber er hat noch alle seine zehn Finger und zehn Zehen. Er wartet bei Madame Nasirah auf euch.«

Beinahe hätten Farahs Knie nachgegeben und sie wäre die Treppe hinuntergefallen.

Oh, Ahmad! Ihr armer kleiner Bruder. Ihr *Chutku Bhai*. Aber offenbar hatte er nicht die ganze Zeit über gehungert. Schließlich war auch er ein Mirza.

Vielleicht war es vorbei. Vielleicht konnte Farah tatsächlich aufatmen.

Vielleicht näherte sich dieses furchtbare Spiel seinem Ende. Ahmad war gefunden worden und sie mussten nur noch eine Spielrunde gewinnen.

»Bitte, wir müssen uns beeilen«, sagte Farah, »ich … ich muss das hier hinter mich bringen. Ich will ihn sehen.«

Henrietta nickte freundlich. »Ich weiß, Kind. Ich weiß.«

Endlich erreichten sie die vierte Ebene der Stadt und fanden sich auf einem großen Marktplatz wieder. Dieser Markt wirkte schicker als der Basar, den sie kannten, und in den eleganten Häusern rings um den Platz waren teure Geschäfte untergebracht. Eines verkaufte Rosenöl und andere kostbare Parfüms, und eine Verkäuferin in einem Seidensari bot Passanten an, ihnen einen Tropfen der betörend duftenden Öle aufs Handgelenk zu tupfen. In einem anderen Geschäft wurden die herrlichsten Stoffe angeboten. Es erinnerte Farah an den Lieblingsladen ihrer Mutter im New Yorker Viertel Jackson Heights, denn in seinen Schaufenstern waren regelrechte Kaskaden von Saristoffen in zarten und leuchtenden Farben ausgestellt. Essie versank währenddessen in den Anblick eines anderen Schaufensters, in dem eine Schaufensterpuppe geschmackvoll in eine bodenlange bestickte Robe gekleidet war, kombiniert mit einer ebenfalls bestickten Jacke und einem Schal mit Blütendruck. »Farah, könnten wir da nicht kurz reingehen?«, fragte Essie und legte wie in Gedanken eine Hand auf die Münztasche an ihrem Werkzeuggürtel. »Würde dir das nicht fantastisch stehen?«

Alex war inzwischen zu einem Teppichladen weitergeschlendert. Dort gab es Teppiche mit wunderschönen traditionellen orientalischen Mustern. Besonders bemerkenswert an ihnen waren jedoch nicht die Muster oder die Qualität, sondern der Umstand, dass der Verkäufer sich soeben auf einen dieser Teppiche gesetzt hatte und nun auf ihm eine kleine Runde über den Marktplatz drehte.

»Los, Kinder, denkt daran, warum wir eigentlich hier sind«, ermahnte Henrietta sie und zeigte mit der Schnauze auf den Weg, der sie zu ihrem Ziel führte. Sie gingen weiter und blieben vor einem kleinen Laden stehen, über dessen Eingang ein Schild mit der Aufschrift »Sandesh's Süßwarenladen« prangte. Er war hell erleuchtet und voller Kunden, die sich vor Vitrinen mit köstlichen Süßigkeiten in allen Regenbogenfarben drängten: leuchtend gelbe *Laddus*, und zwar beide Sorten, sowohl die körnigen aus Kichererbsenmehl als auch die knusprigen aus frittierten Kichererbsen. Hübsche pinkfarbene *Chomchoms*: sahnig-süße Häppchen mit einem Überzug aus Kokosraspeln und Zucker. Knusprige *Gulab Jamuns*: in einer Mischung aus Rosenwasser und Zuckersirup eingeweichte und anschließend frittierte, mit Milchcreme gefüllte Teigbällchen. Jede nur vorstellbare bengalische Süßigkeit war vertreten, hübsch eingewickelt und in goldene Schachteln oder glänzend rotes Papier verpackt und mit bunten, goldenen oder silbernen Schleifen geschmückt.

Farah wusste, dass ihren Freunden das Wasser im Mund zusammenlief, doch ihr selbst verursachte allein schon der Anblick Zahnschmerzen. Ihr war das alles viel zu süß. Sie mochte lieber die pikanten Naschereien, die ihre Mutter so gut zubereitete: die Gemüse-*Pakoras*, die Mom an Ramadanabenden für das Fastenbrechen frittierte, die mit Kartoffeln und Erbsen gefüllten *Samosas* oder aber knusprige *Papdi Chaats* mit Joghurt und Tamarindenchutney. Aber inzwischen war ihr klar: Welche Herausforderung hier auch immer auf sie wartete, sie würde nicht darum herumkommen, irgendetwas Süßes essen zu müssen.

»Kommt nur herein, kommt nur herein!«, rief der alte Mann hinter der Theke in einem lauten Singsang. »Hier wartet viel Leckeres auf euch, meine Süßen, viel Leckeres wartet hier auf euch!«

Durch diesen komischen Singsang, fand Farah, gab er eindeutig zu erkennen, dass er auf irgendeine Weise Teil der Herausforderung war.

»Kann ich bitte einen *Boondi Laddu* und ein paar *Gulab Jamuns* haben?«, fragte Essie, die sich bis vor die Ladentheke gedrängelt hatte und dem Mann ein paar Münzen hinhielt. »Und vielleicht auch einen *Mango Lassi*, wenn Sie so etwas dahaben.«

»Und ich hätte gerne einen *Besan Laddu*!«, rief Alex. Der Mann hinter der Theke winkte ab – und plötzlich war es im Laden vollkommen still.

»Der Architekt von Paheli höchstpersönlich hat mir den strikten Befehl erteilt, nur einem einzigen, von ihm ausgewählten Teammitglied Süßigkeiten vorzusetzen. Wer von euch ist Farah Mirza?«

Entschlossen trat Farah vor.

Die Stille wurde von Geklapper und Gequietsche zerrissen, als Kunden einen Tisch und mehrere Stühle in die Mitte der Verkaufsfläche zogen und dort aufstellten.

Der Verkäufer kam hinter der Theke hervor. Er trug ein Tablett, auf dem drei mit silbernen Servierglocken bedeckte

Schalen standen. Mit einem Arm wild herumfuchtelnd bedeutete er Farah, sich an den Tisch zu setzen. Er stellte das Tablett vor ihr ab und legte ihr eine Leinenserviette auf den Schoß. Alex, Essie und alle Kunden im Laden stellten sich im Kreis rings um den Tisch auf.

»Meine liebe Farah Mirza, die letzte Herausforderung ist leicht und süß. Wenn ihr, du und dein Team, den Architekten in seinem eigenen Spiel besiegen wollt, musst du dieses letzte Rätsel lösen. Er hat es sich speziell für dich ausgedacht. Gib dir also Mühe, dich richtig zu erinnern, und lass dich nicht von deiner Zunge täuschen. Denke daran: Wer zu früh spricht, hat schnell einen bitteren Nachgeschmack im Mund.«

»Wie bitte?«, fragte Farah verwirrt. »Ich soll Süßigkeiten essen?«

»Ja, das ist genau das, was du tun sollst.«

»Aber ich hasse … ich meine, ich mag einfach keine … Ich bin einfach kein Fan von Süßem. Kann das nicht Essie an meiner Stelle machen? Oder Alex?«

»Leider wurde diese besondere Herausforderung, wie ich schon sagte, speziell für dich erdacht. Das bedeutet, dass dich dabei niemand vertreten kann. Wenn du nicht selbst antrittst, gilt diese Spielrunde als verloren. Und damit auch das gesamte Spiel, da ich nicht glaube, dass dir der Architekt eine weitere Chance anbieten wird.«

Farah war wütend. Sie hatte kurzfristig ihre Meinung über den Architekten geändert, als er ihnen nach dem verlorenen Buchstabenspiel eine weitere Runde zugestand. Doch jetzt erkannte sie, dass er sich die ganze Zeit nur über sie lustig machte und in diesem albernen Spiel nicht nur schummelte, sondern gezielt auf ihre Schwächen setzte.

Aber sie hatte ja keine andere Wahl. Sie stand so kurz davor, Ahmad wiederzusehen, und so kurz davor, sie alle aus Paheli zu befreien. Sie durfte jetzt nicht aufgeben, sie musste es zumindest versuchen.

Sie musste alles geben, und notfalls eben auch ihre Abneigung gegen klebrige Süßigkeiten überwinden, die sie unter normalen Umständen kaum hinunterbrachte.

»Nein, ich gebe nicht auf. Ich spiele!«

»In Ordnung«, erwiderte der alte Mann und fuchtelte wieder übertrieben mit einem Arm herum. Dann nahm er einen Schal und verband Farah damit die Augen. »Lass uns beginnen. Ich werde dir eine köstliche Süßspeise aus meinen Vitrinen vorsetzen und du wirst davon kosten. Du darfst einen Bissen nehmen und vielleicht noch einen zweiten, zur Bestätigung. Danach musst du uns verraten, wie die Leckerei heißt. Drei richtige Antworten, und du hast diese Spielrunde gewonnen. Eine einzige falsche Antwort, und sowohl die Spielrunde als auch das gesamte Spiel sind verloren. Hast du alles verstanden, Farah Mirza?«

Farah nickte. Der Mann räusperte sich und bat sie um eine klare Antwort. Deshalb sagte sie es laut: »Ja, ich habe verstanden.«

»Nun muss ich alle Anwesenden um absolute Ruhe bitten. Farah darf als Einzige kosten und muss die Antworten ohne fremde Hilfe finden. Das bedeutet, dass ihr die anderen Teammitglieder nicht helfen dürfen, besonders du nicht, rothaariges Mädchen!«

Farah wusste, dass Essie auf diese Mitteilung hin einen Schmollmund ziehen würde, und musste lächeln. Als sie sich Essies beleidigtes Gesicht vorstellte, wurde ihr auch bewusst, wie lächerlich dies alles war. Am liebsten hätte sie laut losgelacht – aber gleichzeitig auch geweint. Ihr Magen rebellierte schon allein beim Gedanken an die Süßigkeiten. Sie wollte nur noch gewinnen und diesen Albtraum für immer verlassen.

Konzentriert lauschte sie, als der Mann die erste Servierglocke entfernte und ihr einen kleinen Löffel in die Hand gab.

Sie hörte, wie Essie beim Anblick des ersten Leckerbissens stöhnte, aber sie konnte nicht erkennen, ob das ein Ausdruck von Entsetzen oder Entzücken war. Farah tastete mit dem Löffel nach der Süßspeise, stach ein Stückchen davon ab und führte es zum Mund. Es war knusprig, und als ihre Finger nach der Süßigkeit tasteten, stießen sie auf einen klebrigen, sirupartigen Überzug. Sie musste es nicht einmal kosten, um genau zu wissen, was sie vor sich hatte. Sie tat es dennoch, weil sich Mirzas immer an die Regeln halten.

»Mmmh«, machte sie, aber es klang nicht überzeugend, und Alex musste lachen, weil dieser Laut, der genießerisch klingen sollte, derartig falsch rüberkam.

»Natürlich *Jalebi*«, sagte Farah, und ihr Publikum klatschte.

Der Verkäufer bestätigte es: »Richtig, Farah Mirza! Du hast die erste Runde eurer vierten und letzten Herausforderung gewonnen.« Behutsam gab er ihr eine Tasse in die Hände. »Trink davon. Es wird deinen Gaumen reinigen, das ist sehr wichtig.«

Farah nahm einen Schluck und verbrannte sich beinahe den Mund. Es war heißer, bitterer Kaffee, der aber tatsächlich alles Süße herausspülte.

Farah lauschte, als der Mann die nächste Süßigkeit vor sie hinstellte, die Servierglocke abhob und ihr wieder einen Löffel in die Hand gab.

Sie tastete mit dem Löffel und dieses Mal stieß sie damit auf etwas Weiches, Schwammiges, Geleeartiges. Das könnte ein *Gulab Jamun* sein, dachte sie. Tatsächlich fühlte es sich ein bisschen wie ein Teigbällchen an. Schnuppernd beugte sie sich vor. Eindeutig Rosenwasser, dazu noch ein starker Geruch nach etwas anderem. Vielleicht Kardamom? Aber das passte nicht zusammen. Sie musste kosten.

Sie nahm ein kleines Stück auf den Löffel und steckte es in den Mund. Ja, es war zart und weich und ganz bestimmt etwas mit Käsefüllung. Vielleicht *Ras malai*, das eine ähnliche Beschaffenheit wie Käsekuchen hatte. Doch sie musste sich erst vergewissern.

Wieder tauchte sie den Löffel ein, dieses Mal um etwas der Flüssigkeit aufzunehmen, denn diese würde ihr verraten, was sie wissen musste. Wenn die Soße milchartig war, dann hatte sie tatsächlich *Ras malai* vor sich. Doch die Soße bestand nicht aus Milch, sondern war ein einfacher klebriger Sirup, so süß, dass Farah sich unwillkürlich schüttelte. Sie kannte den Geschmack, sie hatte so etwas schon einmal essen müssen. Bei einer Hochzeit letzten Sommer, als ihr Onkel gemeint hatte, sie könnte nicht als Einzige darauf verzichten, »sich den Mund zu versüßen«.

»*Rasgulla*«, sagte Farah, und wieder erhielt sie Applaus.

»Okay, Farah Mirza! Damit hast du die zweite Runde dieses Spiels ebenfalls gewonnen. Jetzt noch eine Runde, und du bist nicht nur in dieser Herausforderung Siegerin, sondern Siegerin von Paheli. Bist du für die nächste Runde bereit?«, fragte der Verkäufer.

»Ja«, antwortete Farah aufgeregt, aber entschlossen. Sie würde gewinnen, ganz bestimmt.

Er reichte ihr wieder die Kaffeetasse und sie nahm vorsichtig einen Schluck. Der Kaffee hatte sich inzwischen etwas abgekühlt, und sie fand es angenehm, wie seine Bitterkeit das Süße aus ihrem Mund herauswusch.

Wieder lauschte sie angestrengt, während der Mann auf dem Tisch vor ihr Dinge umstellte und ihre Freunde und das Publikum sich leise über das Spiel unterhielten. »Ich weiß, dass sie es schafft«, hörte sie Essie flüstern. Und sie hörte auch Alex antworten: »Hast du daran jemals gezweifelt?«

Der Verkäufer hob die letzte Servierglocke hoch, stellte die dritte Schale vor Farah hin und reichte ihr wieder einen kleinen Löffel. Dieses Mal ertastete Farah damit etwas Hartes, das aber weich nachgab. Farah war irritiert. War es denn nun hart oder weich? Sie trennte mit dem Löffel etwas davon ab und schob es sich in den Mund. Es schmeckte wie *Rasgulla*, aber nicht ganz so zart, und war gleichzeitig knusprig wie *Laddu*. Es war auf Käsebasis hergestellt und dennoch nicht wabbelig weich.

Sie schluckte es hinunter und grinste über das ganze Gesicht. »Ich weiß, was das ist.«

Erwartungsvolles Schweigen umgab sie. Sie öffnete den Mund … und wusste nicht mehr, was sie sagen wollte. Der Name der Süßspeise lag ihr auf der Zunge, aber … »Ich habe vergessen, wie es heißt!«

»Um zu gewinnen, musst du den Namen nennen«, entgegnete der Mann.

Verlor sie jetzt doch diese Runde, nachdem sie dem Sieg schon so nahe gewesen war? Kontrollierte der Architekt ihr Gedächtnis, ihre Erinnerungen? Konnte er das überhaupt?

»Ich weiß, was es ist. Ich schwöre, dass ich es kenne«, beteuerte Farah.

Jemand Kleines stürzte sich auf sie, entriss ihr den Löffel und nahm sich damit etwas aus der Schale. »Farah! Farah *Apu*!«

Sie konnte ihn nicht sehen, doch sie erkannte ihn auch mit verbundenen Augen an der Stimme.

»Ahmad!«, rief sie entzückt. Sie legte eine Hand an den Schal, mit dem ihre Augen verbunden waren, und wollte ihn wegziehen, um ihren kleinen Bruder anzusehen, bevor sie ihn umarmte.

»Wenn du das wegnimmst, hast du automatisch verloren«, warnte der Süßwarenverkäufer.

Farah griff nach Ahmads Händen und küsste seine klebrigen Finger. »Ahmad, ich muss zuerst dieses Spiel fertig spielen.«

»Ich will auch spielen. Sind wir ein Team?«

»Nein, Ahmad. Ich muss dieses Spiel alleine beenden. Niemand darf mir helfen, Essie nicht, Alex nicht und du auch nicht. Okay?«, erklärte Farah.

»Okay«, antwortete er. »Aber dann esse ich inzwischen noch mehr von meinen Lieblingsschleckereien. Ich liebe Murmeln! Hast du meine Murmeln gefunden, Farah? Ich habe sie für dich liegen lassen!«

»Murmeln … *Murki* … *Chenna Murki*!«, sagte Farah, weil es ihr wieder eingefallen war. »Ja: Die letzte Süßigkeit war *Chenna Murki*. Oder Käsemurmeln, wie mein Bruder Ahmad sie nennt.«

»Das ist richtig!«, bestätigte der Mann.

Eigentlich hätten jetzt alle jubeln müssen: die Menschen im Laden, die Passanten draußen auf der Straße, ja, die gesamte Bevölkerung der Stadt. Stattdessen herrschte verblüfftes Schweigen. Im nächsten Augenblick aber stürzten sich Ahmad, Essie und Alex gleichzeitig auf Farah und stießen laute Freudenschreie aus, weil der Architekt endlich, endlich besiegt worden war.

Farah stand auf, entfernte die Augenbinde und ließ sich umarmen. Es war vorbei. Endlich war es vorbei! Sie hatten gewonnen. Sie winkte Henrietta, Vijay und alle Eidechsen zu sich.

»Das war einfach genial, wenn ich das so sagen darf«, erklärte eine unbekannte Stimme. »Sebastian Winter«, stellte sich die neben Henrietta stehende Eidechse gleich darauf vor und nickte leicht. »Assistent der Obersten Befehlshaberin der Außerordentlichen Widerstandsliga und offizieller

Babysitter von Ahmad Mirza. Ein auf seine Weise sehr cleverer Junge.«

»Ja, das ist er auf jeden Fall«, bestätigte Farah. »Ohne ihn hätte ich nicht gewonnen.«

Ahmad strahlte: »Können wir jetzt spielen gehen?«

»Nicht so schnell!« Der Süßwarenverkäufer kam mit einem goldenen Umschlag in der Hand auf Farah zu. »Du hast die letzte Herausforderung für dich entschieden, Farah Mirza. Deshalb übergebe ich dir hiermit deinen letzten Brief. Lese ihn aufmerksam, das ist wichtig.«

»Was? Moment mal!« Essie runzelte die Stirn. »Ich dachte, wir hätten gewonnen?«

»Du hast diese Spielrunde gewonnen. Lese den Brief und du wirst sehen, dass du erst noch den Architekten aufsuchen musst.«

Jetzt war Farah verwirrt. »Sind Sie denn nicht der Architekt?«, fragte sie ärgerlich.

»Wie kommst du denn darauf?«, fragte der Mann zurück, mit einem amüsierten Funkeln in den Augen. »Zumal du ihn ja bereits getroffen hast.«

»Ich habe ihn getroffen?«, wiederholte Farah.

Der Mann grinste sie nur an.

»Was soll das heißen?«, schaltete Essie sich ein

»Genau das, was ich gesagt habe«, erwiderte der Süßwarenverkäufer.

»Lies den Brief, Farah, damit wir endlich nach Hause können«, sagte Alex.

Farah öffnete den Umschlag, während Ahmad sie ungeduldig am Ärmel zupfte und ihre Freunde ihr über die Schulter schauten, um mitzulesen:

Im Herzen von Paheli pulsiert das Blut.

Und als ob das ein Zauberspruch gewesen wäre, explodierte auf diese Worte hin die Welt.

25

Die Stadt erbebte auf sämtlichen Ebenen.

»Du hast es geschafft! Du hast es geschafft!«, jubelte Henrietta. »Du hast den Architekten in die Knie gezwungen, und jetzt liegt er im Staub zu deinen Füßen!«

Alle Eidechsen jubelten. Sebastian Winter zwinkerte ihr zu.

Sie würden endlich nach Hause gehen können.

»Wir müssen schnell zum Landungssteg«, drängte Henrietta. »Da strömen jetzt alle hin. Alle machen sich bereit, Paheli zu verlassen. Endlich!«

Farah verließ den Süßwarenladen als Erste, mit Ahmad an der Hand. Er riss sich nicht los und protestierte auch nicht, dass er zu alt sei, sich an der Hand halten zu lassen. Im Gegenteil: Er drückte ihre Hand so fest, als ob er sie nie wieder loslassen wollte, und Farah konnte das nur recht sein.

Sie blieben am äußeren Rand der Ebene stehen und schauten nach unten. Die Stadt hatte begonnen auseinanderzufallen. In den Straßen und Gassen taten sich tiefe Risse auf, die Gebäude bröckelten bereits. Kaum jemand war noch auf den Straßen unterwegs, und die wenigen Passanten blickten sich ständig ängstlich um, aus Angst, von stürzenden Gebäudeteilen getroffen zu werden.

Der Himmel verfärbte sich schwarz.

Ein sanfter Nieselregen setzte ein und übergangslos wurde daraus ein heftiger Sturzregen. Doch regnete es nicht Wasser, sondern Blut.

Sogleich waren die Straßen von einer klebrigen Flüssigkeit überschwemmt. Die Menschen, die aus den einstürzenden Gebäuden flüchteten, rutschten darin aus und fielen hinein. Wenn die bisherigen Sandstürme den Zorn des Architekten ausgedrückt hatten, dann konnte dieser Blutregen nur bedeuten, dass er nun vor Wut raste. Es war, als wolle er sie mit dem Blutregen alle davonschwemmen.

Farah, Ahmad, ihre Freunde und die Eidechsen rannten die Treppen hinunter zum zentralen Platz der Stadt, um von dort aus zum Stadttor zu gelangen. Es dauerte nur wenige Sekunden, und die Flut stand Farah bis zur Hüfte und Ahmad bis zum Bauch.

Das Blut blieb an Kleidern und Haut kleben. Wo mochte der Architekt es nur herhaben? War es künstlich oder war es … tatsächlich echt? Wie die Knochen und Skelette? Es war viel zu entsetzlich, darüber nachzudenken.

»Farah!« Ahmad hatte ihren Arm gepackt und schrie, um den immer heftiger blasenden Wind und das ständige Donnern zu übertönen.

»Wir müssen hier raus!«, brüllte Essie.

»Kannst du uns helfen, Vijay *Bhai*?«, rief Farah dem Ballonfahrer zu, der über ihren Köpfen mit dem Sturm zu kämpfen hatte. Das Blut durchtränkte die Ballonhülle und bewirkte, dass er kaum aufsteigen konnte. Henrietta und die anderen Eidechsen schwammen in der Flut und wichen den darin treibenden Marktständen und Verkaufswagen aus.

Vijay schüttelte den Kopf. »Der Korb ist bereits vollgelaufen! Ich bekomme den Ballon nicht hoch.« Er drehte sich um und erschrak. »Oh nein!«

Die Blutflut stieg immer höher. Sie floss durch die Straßen und riss alle Menschen mit, die ihr in die Quere kamen. Bis jetzt hatte Farah unter ihren Füßen immer noch die Pflastersteine gespürt, doch nun wurde sie mitgerissen und hatte Mühe, ihren Kopf über der Flutwelle zu halten und Luft zu bekommen.

»Äh … igitt!«, prustete Alex neben ihr. »Ich habe etwas davon in den Mund bekommen.«

Vijay versuchte, die Kinder so nah wie möglich zu sich

heranzuziehen, während er gleichzeitig Mühe hatte, gegen die steigenden Wellen anzukämpfen. »Es … es tut mir leid. Der Ballon ist uns keine Hilfe mehr. Versucht irgendwie zum Stadttor zu kommen!«

»Farah! Ich habe etwas gefunden, das uns hilft!«, schrie Essie. Sie schob schwimmend eine Sandelholztür vor sich her.

»Unser eigenes Floß!«, rief Essie noch, bevor eine Welle sie fast überspülte.

Vijay bekam sie zu fassen und brachte sie wieder an die Oberfläche zurück. »Ich hab dich!«

Jetzt konnten sie sich alle an den Rändern der Tür festhalten, ohne befürchten zu müssen, unterzugehen.

Farah seufzte erleichtert und half Ahmad, auf die Tür zu krabbeln, bevor sie sich selbst an deren Rand klammerte. Er hielt immer noch ihren Arm fest, entschlossen, seine große Schwester nie wieder zu verlieren.

Essie streckte einen Arm aus, so weit sie konnte, und angelte damit nach einer in der Flut treibenden Holzlatte, um sie als Ruder einzusetzen.

Nach und nach fanden sie noch mehr Gegenstände, die sich als Ruder eigneten, um damit die zum Floß gewordene Tür zu steuern. Die blutrote Flüssigkeit stieg höher und höher an: Jetzt überspülte sie bereits die Läden und Marktstände und sogar die Dächer niedriger Häuser. Farah kam sich vor wie ein in Bernstein gefangenes Insekt: für alle Zeiten in einer klebrigen Masse eingeschlossen, ohne Luft zum Atmen.

»Mein Ballon ist untergegangen. Wir müssen irgendwie durch das Stadttor entkommen. Die ganze Stadt löst sich auf!«, rief Vijay.

Farah blickte auf. Paläste zerfielen zu Sand und stürzten in das blutige Meer.

»Schaut nur, es ist nicht mehr weit!«, schrie Alex.

Und tatsächlich: Sie konnten das Stadttor bereits sehen. Einige Leute machten sich an den Torflügeln zu schaffen, um sie zu öffnen.

Sie waren schon so weit gekommen! Sie hatten die Herausforderungen bestanden und das Spiel besiegt.

Auf gar keinen Fall würden sie jetzt aufgeben. Sie wollten nach Hause, sie mussten hier weg.

26

In dem einen Augenblick hatte sich Farah noch inmitten eines Meeres aus Blut zwischen Vijay, Ahmad, Essie und Alex an eine Sandelholztür geklammert, im nächsten wurde sie hochgerissen und hing plötzlich an scharfkantigen Haken hilflos in der Luft.

»Farah!«, kreischte Henrietta.

Vijay versuchte noch, Farahs Bein zu erwischen, doch da war sie bereits aus seiner Reichweite und wurde höher und höher und höher gezogen, und Essie und Alex neben ihr auch.

»Farah!«, schrie Ahmad und sein Schrei vermischte sich mit den Schreien der drei Freunde.

Farah drehte hektisch den Kopf nach oben, um zu sehen, wer sie entführt hatte.

Riesige dunkle, schuppige Vogelzehen hatten sich in

ihrer Kleidung verhakt. Darüber große Vogelkörper mit struppigem Gefieder und große Köpfe mit glitzernden Augen, die hin und wieder auf sie hinuntersahen.

Ob dies wohl die Nachtfalken waren, vor denen Henrietta gesprochen hatte? Die garstigen Vögel, die im Wolkenpalast lebten?

Jedenfalls hatten die Vögel offenbar nicht die Absicht, sie wieder unten abzusetzen.

Und dass ihre Freunde ebenfalls entführt worden waren, fand Farah ebenfalls alles andere als tröstlich. Die Vögel ließen sich nicht von dem Gezappel ihrer Beute stören, noch davon, dass sie versuchten, nach den sie umklammernden Füßen zu schlagen. Unbeirrt flogen sie weiter und weiter über Paheli und das blutige Meer. Schließlich kniff Farah die Augen zu.

Sie hatte einen Ghul überlebt, Kamelspinnen, die Sandpolizei und eine blutige Flut, nur um am Ende von einem Vogelschwarm gekidnappt zu werden. Das machte sie wütend … und es jagte ihr Angst ein. Was würden die Vögel jetzt tun?

»Ahmad!«, schrie sie.

Er antwortete mit lautem Weinen. Also war er ebenfalls entführt worden. Wenigstens waren sie wieder zusammen.

Der Flug nahm ein abruptes Ende, nachdem der Nachtfalke mit ihr in einen Palast geflogen war und sie dort in einem Raum unsanft absetzte. Es war der größte und großartigste aller Paläste, die sie hier bisher gesehen hatte, mit Hunderten von Fenstern und mehr Stockwerken, als Farah auf die Schnelle zählen konnte.

Essie und Alex landeten kurz darauf neben ihr, und offenbar waren sie aus größerer Höhe gefallen, denn beim Aufprall schrien sie vor Schmerzen auf. Gleich darauf plumpste Ahmad in den Innenhof. Farah sprang auf, hielt sich den pochenden Kopf und eilte zu den anderen.

»Hey, was ist mit euch? Geht es euch gut?« Farah hockte sich neben Ahmad und nahm ihn in den Arm. Er weinte an ihrer Schulter und sie flüsterte ihm die Worte zu, mit denen Mom sie tröstete, wenn sich einer von ihnen wehgetan hatte.

Farah sah sich um. Sie befanden sich in einem kleinen, runden, gemütlichen Zimmer mit hoher Decke und gewölbten Wänden. Ein scharfer Luftzug zupfte an Farahs Schal. Sie lief zu einem der offen stehenden Fenster und sah hinaus – und hinunter auf das blutige Meer.

»Wir treiben! Dieser Palast schwimmt auf der Flut!«, rief Farah.

»Ihr befindet euch in der bescheidenen Behausung unseres Herrn und Meisters«, sagte plötzlich eine tiefe Stimme.

Farah zuckte zusammen. In der Tür stand ein Mann in der eleganten Uniform der Sandpolizisten. Doch etwas an ihm war anders. Er wirkte selbstbewusster und auch gefährlicher als seine beiden Kollegen in Lailat. An seiner Brust baumelten Orden und sein Turban war mit einem blutroten Rubin geschmückt. Farah hatte den Eindruck, dass hier jemand Wichtiges vor ihr stand.

Als ob er ihre Gedanken gelesen hätte, verbeugte sich der Uniformierte jetzt vor ihr. »Ich bin Shorta Sahib, Oberbefehlshaber der Sandpolizei des Architekten. Du, junge Dame, bist eine Unruhestifterin.« Er ging auf sie zu, wobei er mit einer kurzen Reitgerte wieder und wieder gegen seine Handfläche schlug. Alex zuckte bei jedem Klatschen zusammen. »Ihr müsst wissen, dass ich nichts so sehr hasse wie ein Rudel respektloser kleiner Schummler.«

Essie stand auf. »Was? Sie wagen es, uns als Schummler zu bezeichnen? *Uns?*«

»Wir haben das Spiel gewonnen!«, sagte Farah. »Es ist vorbei.«

»Wir haben sämtliche Regeln eingehalten und die Herausforderungen bestanden«, ergänzte Alex. »Lassen Sie uns jetzt endlich gehen!«

»Ruhe!«, donnerte Shorta Sahib. »Ihr seid auf Befehl des Architekten hierhergebracht worden.«

Laute rhythmische Tritte erklangen, und eine ganze Abteilung von Wachen marschierte auf und präsentierte die Speere.

»Wenn wir versuchen, zur Treppe zu laufen, sind wir sofort tot«, flüsterte Essie.

»Ihr kommt jetzt mit«, befahl Shorta Sahib. »Hier entlang.«

Sie wurden durch eine Flucht wunderschöner Räume und Säle geführt und an einer reich verzierten Wendeltreppe vorbei. An den Wänden hingen goldgerahmte Porträts. Farah fragte sich, welches davon den Architekten zeigte.

»Los, bewegt euch!«, kommandierte eine Polizistin und zerrte Farah zu einer großen Tür. »Lasst den Architekten nicht warten.«

Farah, Alex, Essie und Ahmad wurden in einen großen Raum geschubst, den ein Sandzug umrundete.

Alex und Essie staunten ihn mit offenem Mund an.

Ahmad zupfte an Farahs Ärmel. »Farah *Apu*«, flüsterte er, »ich will nach Hause, zu Mom.«

»Aber deine Mutter ist doch hier, Schätzchen«, sagte eine Frauenstimme hinter ihnen. »Deine neue Mutter.«

Farah zog Ahmad eng an sich. Eine Frau trat hinter einem Vorhang hervor. Zuerst hielt Farah sie für eine mechanische Puppe, weil sie auf eine so unnatürliche, kalte Art schön war. Sie hatte ein perfekt modelliertes Gesicht mit hohen Wangenknochen. Eine halb durchsichtige, schimmernde *Dupatta* bedeckte ihr Haar. Ihre Augen waren kalt und ihr Lächeln wirkte gekünstelt.

»Du bist noch so klein und niedlich. Ich muss dich haben. Die Zwölfjährigen werden viel zu schnell zu Teenagern. Ich bin froh, wieder ein Kind aufziehen zu können. Ahmad, du bist ab jetzt der Sohn von Lady Farida Amari«, verkündete die Frau und streckte den Arm aus, um ihre Hand auf Ahmads Schulter zu legen. Der kleine Junge wich zurück und Farah zog ihn rasch von der Frau weg.

»Fassen Sie ihn nicht an!«, sagte Farah laut. »Er steht nicht zur Adoption. Ich weiß nicht, wer Sie sind oder wo der Architekt ist. Ich gehe hier weg und nehme meinen Bruder mit. Wir haben das Spiel gewonnen, und wir werden jetzt gehen.«

Lady Amari lachte nur.

»Wo ist der Architekt?«, wiederholte Farah. »Ich verlange, ihn zu sehen. Wir haben nach allen Regeln gewonnen.«

Lady Amari zog überrascht die Augenbrauen hoch. »Ihr wisst nicht, wo der Architekt ist? Er war die ganze Zeit über in eurer Nähe.«

»Was?«, fragte Farah verwirrt. Dann überkam sie eine dunkle Ahnung.

Bevor sie weitersprechen konnte, öffnete sich die große Tür abermals und den Raum betrat … der Bettlerjunge. Sein Gesicht war mit Dreck verschmiert und er trug dieselben Lumpen, in denen Farah ihn jedes Mal im Basar gesehen hatte. Er schenkte Farah sein Zahnlückenlächeln und riss sich mit einer einzigen Bewegung die Lumpen vom Leib. Darunter aber war er nicht nackt, sondern in einen kostbaren bestickten Seidenanzug mit langer Tunika gekleidet, er trug elegante Schuhe und mehrere Goldketten um den Hals.

»Wahnsinn!«, staunte Essie.

Alex ruckelte an seiner Brille herum. »Das kann doch nicht sein!«

Nein, das konnte wirklich nicht sein. Farah starrte den Jungen an. Er hatte ihnen gratuliert, nachdem sie Jansher besiegt hatten, und dann wieder, nachdem sie die Marmorwürfel hatten zusammenschieben müssen. Er hatte ihnen auch im Palast der Träume gratuliert und sie hatten ihm immer Münzen geschenkt.

»Der Architekt, den ihr zu sehen wünscht, ist hier«, sagte der Junge mit einem kalten Lächeln. »Ihr könnt mich Amari nennen – den Prinz-Teil könnt ihr weglassen. Es ist schön, dich endlich besser kennenzulernen, Farah Mirza.«

Farah wusste nicht, was sie sagen sollte. Sie wusste auch nicht, was sie tun sollte, während der Junge zu der Frau ging, die offensichtlich seine Mutter war. Sie strich ihm liebevoll über das Haar, aber das schien ihm nicht recht zu sein, denn er entfernte sich rasch wieder von ihr.

»Na, hat dir eine Katze die Zunge abgebissen? Du wolltest mich doch treffen«, meinte Amari lachend. »Aber das macht nichts, dir bleibt sicher nicht lange die Sprache weg. Du bist ein schlaues Mädchen. Ich habe schon lange kein Team mehr erlebt, das derartig entschlossen gegen mich antrat. Ich gratuliere euch. Ihr solltet stolz auf euch sein.«

»Äh … danke?« Alex sah seine beiden Freundinnen fragend an. »Sollen wir ihm jetzt auch noch dafür danken, dass wir bei seinen Herausforderungen beinahe ums Leben gekommen sind?«

»Nein«, antwortete Essie leise. »Das ist doch alles völliger Quatsch. Warum wird Paheli überhaupt von einem Kind regiert?«

Farahs Herz klopfte wie wild.

»Du willst meine traurige Geschichte hören? Ja? Gerne, ich werde sie euch erzählen, auch wenn ich weiß, dass ihr sie nicht verstehen werdet«, sagte Amari.

Die Hände hinter dem Rücken verschränkt, ging er mit betont langsamen Schritten zum Fenster hinüber. Sein Gehabe wirkte bei einem so kleinen Jungen lächerlich, und wenn Farah nicht solche Angst gehabt hätte, hätte sie laut herausgelacht.

»Ihr müsst wissen«, sagte Amari, »dass alles mit meinem Vater begann. Natürlich lebten wir damals noch nicht in Paheli. Mein Vater war Naturwissenschaftler, ein begabter Mathematiker, der in der ganzen Welt bekannt war. Ein großer und edler Mann.«

»Dein Vater soll ein guter Mensch gewesen sein?«, platzte es aus Essie heraus. Farah trat ihr auf den Fuß. Wenn der überhebliche Knirps einen Monolog halten wollte, dann sollte er das tun. »Lass ihn reden, dann kann ich inzwischen nachdenken«, raunte sie der Freundin zu.

Zum Glück hatte Amari nichts gehört. »Mein Vater brachte mir bei, ein gutes Spiel zu schätzen. Wir setzten Puzzles zusammen und lösten Rätsel. Er lehrte mich Schach und Dame.«

Was er da erzählte, kam Farah auf eine unangenehme Weise bekannt vor. Aber es konnte doch keine Parallelen geben zwischen der in ihrer Familie herrschenden Begeisterung für Spiele und dem, was diesen Jungen zu einem verdrehten Bösewicht gemacht hatte … »Wir hatten ein schönes Leben, bis ich eines Tages krank wurde. Die Ärzte sagten, ich würde meinen zwölften Geburtstag nicht lange überleben und dass es für mich keine Hoffnung mehr gäbe.«

Mit einem bitteren Lächeln fuhr Amari fort: »Und deshalb schloss mein Vater einen Pakt mit einem Dschinn.«

Die Erwähnung des übernatürlichen Wesens verstärkte Farahs Angst. Zwar gab es durchaus gute Dschinns, doch auch sehr böse: Dschinns, die Menschen absichtlich quälten, die in ihre Körper eindrangen und sich in ihnen aufhielten, um anderen Menschen grausame Streiche zu spielen.

»Ein Dschinn?«, fragte Essie erschrocken.

»Er besucht mich von Zeit zu Zeit. Er ist gar nicht so schlimm, wirklich nicht, wenn man ihn erst einmal kennt. Allerdings ist sein Temperament etwas … feurig.«

Lady Amari kicherte leise, so als habe ihr Sohn einen guten Witz gemacht. Farah und ihre Freunde blieben ernst.

»Der Dschinn hat dich geheilt«, sagte Farah vorsichtig. »Aber was hat es ihm eingebracht?«

Amari nickte. »Du weißt also, dass nichts umsonst ist. Der Dschinn war bereit, mir Gesundheit zu schenken – unter der Bedingung, dass er dafür den Verstand meines Vaters und meinen Körper bekam.«

Farah wich zurück und der Junge lachte über ihren entsetzten Gesichtsausdruck.

»Mir wurde die Aufsicht über das Lieblingsprojekt des Dschinns übertragen: seine eigene kleine, private Welt, in der er alleine herrschen konnte, in der nur sein Wille galt. Ihr müsst wissen, dass er sich von Energie ernährt, und wer könnte ihm mehr davon spenden als eine Gruppe von Kindern, die glauben, ein spannendes Spiel zu spielen?«

Farah sah alles genau vor sich: den machthungrigen Dschinn, den verzweifelten Vater, der ihm Pläne für eine mechanische Kunstwelt entwarf …

Kein Wunder, dass alles in dieser Welt von Schmerz und Leiden geprägt war. Kein Wunder, dass alle Menschen in dieser Welt mit gesenktem Kopf und trauriger Miene herumliefen. Es war eine Welt, die sich von Trauer und Opfern speiste.

»Der Dschinn und mein Vater entwickelten gemeinsam Paheli. Und jetzt untersteht es mir.« Amari schenkte Farah ein zufriedenes Lächeln. »Und es funktioniert gut, nicht wahr?«

»Was ist mit deinem Vater?«, fragte Essie, bevor ihr Farah noch einmal auf den Fuß treten konnte.

Amaris Gesicht verdunkelte sich.

Dieses Mal antwortete seine Mutter für ihn: »Wir müssen jetzt nicht über banale Einzelheiten reden«, sagte sie und lächelte ihren Sohn liebevoll an. »Wie mein Prinz Amari immer sagt: Es hat so geendet, wie es enden sollte.«

»Das Spiel wurde also für dich gemacht«, stellte Farah fest. »Um dich am Leben zu erhalten.«

»Wie ein künstliches Herz«, bestätigte Lady Amari.

»Du bist sehr schlau, Farah Mirza«, lobte Amari sie. »Es ist tatsächlich so. Es gehorcht jedem meiner Befehle, es beugt sich allen meinen Launen. Es ist das beste Königreich, das man nur haben kann. Dir gefällt der Gedanke nicht, hierzubleiben. Aber das ist falsch gedacht, denn hier ist es wirklich wie im Paradies.«

»Von wegen – *Paradies*!«, sagte Alex verächtlich.

»Natürlich steht die Zeit hier nur für mich still. Normale

Menschen altern. Deshalb brauche ich jetzt neue Freunde, die bei mir bleiben. Von den anderen war niemand stark und intelligent genug, Paheli und seine Herausforderungen wirklich schätzen zu können.« Wieder zeigte Amari sein kaltes Lächeln. »Doch jetzt, wo ihr hier seid, brauchen wir die Herausforderungen gar nicht mehr. Ich hatte noch nie daran gedacht, mir eine Schwester zuzulegen. Ich glaube, das muss Schicksal sein.«

Farah ballte die Fäuste. »Deshalb also hast du uns noch eine weitere Chance eingeräumt. Weil du uns ohnehin nicht gehen lassen wolltest, gleichgültig, ob wir gewinnen oder verlieren, stimmt's?«

Er grinste sie breit an und nickte. »Ja, meine neue Schwester, da hast du recht.«

Nein, so würde es nicht enden. Nicht, wenn Farah da noch ein Wörtchen mitzureden hatte.

27

In einem Punkt allerdings hatte er recht: Es war Schicksal.

Farah straffte die Schultern. Die Mirzas waren kompetente Spielespieler.

Farah steckte die Hand in die Tasche und spürte das kühle Metall des Puzzlerings, den Madame Nasirah ihr als Talisman mitgegeben hatte.

»In Ordnung, Amari«, sagte Farah. »Ich gebe auf.«

Amari stellte sich gerade hin, seine Mutter beugte sich vor. Alex und Essie schauten Farah fassungslos an.

»Farah, was sagst du da?«, fragte Essie völlig entgeistert.

Farah hielt eine Hand hoch, konzentriert darum bemüht, nicht zu zittern. Sie musste jetzt stark sein. Und schnell denken und ebenso schnell handeln. »Du kannst Ahmad und mich hier in Paheli behalten. Unter einer Bedingung.«

Ahmad gab einen Protestschrei von sich. Farah blinzelte ihm zu und er schloss schnell den Mund.

Amari zog die Augenbrauen hoch. »Eine Bedingung? Es steht dir nicht zu, mit mir zu verhandeln. Meine Stadt ist bald wieder aufgebaut und ihr alle vier werdet zu ihren Bewohnern werden.« Er begann, im Raum im Kreis herumzulaufen. »Aber ich bin neugierig. Was ist die Bedingung?«

Farah zeigte mit dem Finger auf Lady Amari und alle anderen Augenpaare im Raum folgten ihrem Blick. Lady Amari hob eine Hand und die goldenen Ringe an ihren Fingern blitzten auf. »Meine Bedingung ist: Wir bleiben hier, wenn Sie mich bei einem Spiel schlagen: Beim Zusammensetzen von Puzzleringen.«

Amari wirkte interessiert, Lady Amari war geradezu begeistert. »Oh, was für ein Spaß«, gurrte sie. »Ich bekomme so selten Gelegenheit, zu spielen …« Sie fingerte an ihren Ringen herum und schien sich dabei in Erinnerungen zu verlieren. »Du ähnelst ihr, weißt du. Dem Mädchen, das wir fortjagen mussten. Das war so schade! Sie hatte so viel Potenzial. Sie hätte hier sehr glücklich werden können.«

Farah merkte, wie ihr Mut wuchs. Tante Zohra! Sie war auf der richtigen Spur.

»Wir sprechen nicht über dieses Mädchen«, sagte Amari schroff und fuhr, zu Farah gewandt, fort: »Und der Junge, den sie zurückließ, wurde kein richtiger Bruder für mich.

Ein verschwendetes Spiel. Aber gut. Wenn Mutter so viel Freude daran hat, dann sollten wir uns darauf einlassen.«

Lady Amari ließ sich anmutig von dem Sofa gleiten. »Ich nehme an, du weißt, wie sie funktionieren«, sagte sie und zog fünf verschiedene Puzzleringe von ihren Fingern.

»Ja, natürlich.« Farah hatte dieses Spiel noch nie wirklich gespielt, doch viel darüber von Madame Nasirah gelernt. Sie wusste, dass sich manche Puzzleringe leichter zusammensetzen ließen als andere. Die einen fielen beinahe von allein wieder zusammen, andere waren kunstvoller und komplizierter gearbeitet und man musste sie lange hin und her drehen, bis sie ineinander einrasteten. Farah bemerkte, dass Lady Amaris Ringe sehr unterschiedlich waren. Ein einfacher Doppelring war ebenso darunter wie ein sehr komplexer zwölffacher Ring.

Lady Amari trat neben Farah und ließ ihre Puzzleringe einen nach dem anderen auf den Tisch vor ihnen fallen. Farahs Blick wanderte über die wild durcheinanderliegenden Ringelemente und sie begann sich zu fragen, ob ihre Idee wirklich so gut gewesen war.

»Ich habe schon sehr lange kein Spiel mehr gespielt«, gestand Lady Amari. »Dennoch denke ich, dass es mir leichtfallen wird, bei diesem zu gewinnen. Schließlich sind es meine Ringe – was deine Chancen auf einen Sieg vermindert.«

Farah nickte. Sie hatte nicht erwartet, dass dieses Spiel für sie leicht sein würde, und sie merkte, wie ihre Anspannung wuchs. Zwei, drei Ringe würde sie sicherlich schaffen. Aber fünf? Ihr Plan war, mit dem einfachsten anzufangen und sich dann hochzuarbeiten zu den komplizierteren. Madame Nasirah hatte Farah beigebracht, dass jeder Ring Hinweise dafür lieferte, wie seine Elemente ineinanderzustecken waren. Für jede Kurve, für jede Kerbe gab es ein passendes Pendant. Doch Lady Amari hatte natürlich recht: Sie kannte diese Ringe besser als jeder andere.

Es war ein riskantes Spiel – aber eines, das sich wirklich lohnen konnte, wenn Farah es richtig spielte.

»Ich will sowohl gegen Sie als auch gegen Ihren Sohn spielen. Unsere Zeit wird gestoppt, aber dadurch verdoppeln sich Ihre Chancen, gegen mich zu gewinnen.«

»Gegen uns beide?«, wunderte sich Lady Amari und schaute zu ihrem Sohn hinüber. Vielleicht bildete Farah sich das nur ein, aber sie wirkten misstrauisch. Unsicher.

Als ob er gespürt hätte, dass seine Mutter an seinen Fähigkeiten zweifelte, nickte Amari jetzt. »In Ordnung«, sagte er. »Wir spielen beide.«

Lady Amari war als Erste dran. Eine Sanduhr flog herbei, bereit, die Zeit zu messen, die das Zusammensetzen der Ringe dauerte. Sie drehte sich in der Luft um und zeigte dadurch den Start des Durchgangs an. Lady Amari setzte den ersten, einfachsten ihrer Ringe rasch zusammen. Als Nächster kam der fünfteilige. Mittendrin merkte Lady Amari, dass sie einen Fehler gemacht hatte, und verzog verärgert das Gesicht. Sie löste die Ringe wieder voneinander und versuchte, sie auf andere Weise zusammenzufügen. Jedes Mal, wenn zwei dünne Ringe zueinanderfanden, grinste sie Farah triumphierend an. Offenbar war ihr nicht bewusst, dass sie dadurch wertvolle Sekunden verlor. Das konnte Farah später zugutekommen, falls sie mit ihrer Zeit besser umzugehen verstand.

Als Lady Amari alle Ringe richtig zusammengesetzt hatte, waren drei Viertel des Sandes durch die Uhr geronnen, und Lady Amari wirkte, als sei sie mit ihrer Leistung sehr zufrieden.

»Ich kann mir nicht vorstellen, dass du es schneller schaffst, junge Dame«, sagte sie zu Farah. »Sie lassen sich nicht so leicht zusammensetzen, wie es den Anschein hat.«

Farah drehte sich zu ihren Freunden um. Alex schwitzte und ihm zitterten sichtlich die Knie. Dennoch brachte er für Farah ein mattes Lächeln zustande. Essie legte die Hände zusammen, als wolle sie beten. Ahmad schien nicht richtig verstanden zu haben, was hier los war, doch als er dem Blick seiner Schwester begegnete, stellte er sich gerade hin und machte ein tapferes Gesicht.

Sie glaubten an sie. Sie glaubten daran, dass sie, Farah,

diese Herausforderung gewinnen konnte … wo sie selbst sich gerade nicht besonders sicher war, ob ihr das gelang.

Farah sah, dass die Uhr nun zu ihr hinüberschwebte. Lady Amari löste die Puzzleringe wieder in ihre Bestandteile auf und legte sie vor Farah auf den Tisch.

Farah holte tief Luft, dann nickte sie. Die Sanduhr drehte sich um. Der erste Satz von Ringen ließ sich kinderleicht zusammenstecken. Farah rief sich Madame Nasirahs Finger in Erinnerung und die Art und Weise, in der deren Hände ihre eigenen Finger gelenkt hatten.

Versuche nicht, es zu erzwingen. Du führst sie nur in ihren ursprünglichen Zustand zurück. Sie sind dazu geschaffen, zusammenzubleiben. Finde die Stellen, an die sie hingehören, und lasse sie dorthin gleiten.

Farah atmete tief durch.

Konzentriere dich. Achte darauf, wo eine Kerbe aufhört und die nächste beginnt.

Versuche nicht, es zu erzwingen. Konzentriere dich.

»Das ist der Kniffligste.« Lady Amari hatte es leise und ehrfürchtig gesagt. Sie wies mit einer Kopfbewegung auf die fünf Ringe, die Farah gerade zwischen Daumen und Zeigefinger hielt.

»Den habe ich bis heute noch nie auseinandergenommen«, gab Lady Amari zu. »Ich hatte immer Angst, dass es zu schwierig sei, ihn wieder zusammenzusetzen. Und tatsächlich fiel es mir vorhin nicht ganz leicht …« Ihr damenhaftes Lächeln verwandelte sich in ein Haifischgrinsen. »Pass gut auf!«

Amari kicherte hämisch.

Konzentriere dich. Konzentriere dich. Konzentriere dich.

Der Ring fügte sich zusammen und Farah atmete leise auf.

Der nächste Ring war größer als die übrigen und bei seinem Anblick bekam Farah Herzklopfen: Er war zwölfteilig. Als sie versuchte, die Kerbe zu finden, auf die es ankam, rutschten ihre Finger ab und sie fühlte Panik in sich aufsteigen. Aber sie musste sich zusammenreißen und weitermachen. Und schnell sein. Amari gähnte geziert hinter vorgehaltener Hand.

Farah ertastete die Kerben in den Ringen und die Stellen, an denen sie etwas dicker waren, und spürte die winzigen, raueren Kanten, an denen sie ineinanderglitten.

»Blau scheint deine Lieblingsfarbe zu sein«, bemerkte Lady Amari beiläufig, mit einem Blick auf Farahs *Salwar Kamiz.* »Wir werden dein Zimmer also blau streichen lassen. Alles wird genau so sein, wie es meinem Mädchen am besten gefällt.«

Erst als sie den letzten Puzzlering zusammenfügte, wurde Farah bewusst, dass sie die ganze Zeit über die Augen geschlossen gehalten hatte. Sie hatte ein Bild im Kopf gehabt, das Bild der ineinanderliegenden x-förmigen Ränder der Ringmitten, und ihre Fingerspitzen waren den ertasteten Linien gefolgt. Jetzt öffnete sie die Augen und konnte sich ein zufriedenes Lächeln nicht verkneifen. Der letzte zusammengefügte Ring lag perfekt und glänzend in ihrer Hand.

»Nehmen Sie das bitte nicht persönlich, aber ich habe schon eine Mutter, und eine ziemlich gute noch dazu«, sagte Farah lächelnd.

Der Sand in der Uhr hörte auf zu rieseln. Nur die Hälfte der Sandmenge war durchgelaufen. Sie hatte Lady Amari geschlagen. Essie, Alex und Ahmad jubelten. Doch Farah wusste, dass es zum Feiern noch zu früh war.

Lady Amari biss hörbar die Zähne zusammen und sah plötzlich … weniger menschlich aus. Unter der makellosen milchkaffeebraunen Haut schien sich etwas Hungriges, Animalisches, aus sehr alter Zeit zu verbergen. Dann atmete sie tief durch und hatte plötzlich wieder ihr vorheriges gepflegtes, harmloses Aussehen.

»Freu dich nicht zu früh, meine Liebe. Jetzt ist erst einmal der Architekt an der Reihe. Schätzchen …«, rief sie ihren Sohn.

»Ja, jetzt bin ich dran«, sagte Amari aufgebracht.

Farah hielt dem Blick des Jungen stand. Woher kam plötzlich die schlechte Laune? Hatte er etwa Angst?

Farah begriff, dass es beim Zusammensetzen von Puzzleringen sehr auf das eigene Selbstvertrauen ankam. Sie hatte gespürt, dass ihre Freunde ihr vertrauten. Sie hatte sich an all das erinnert, was Madame Nasirah ihr über die Ringe gesagt hatte. Und sie waren bereits zu den wahren Siegern von Paheli geworden. Jetzt noch etwas Glück, dann waren sie endlich frei!

Farah schluckte. Sie löste die Ringe und legte sie vor Amari auf den Tisch. Sie sah zu, wie Amaris Hand sich zögernd den Ringen näherte.

Nun schwebte sie über dem zwölfteiligen Puzzlering, über dem also, der sich am schwersten zusammensetzen ließ. Es war, als wolle Amari seine Überlegenheit dadurch beweisen, dass er gleich mit dem Schwierigsten anfing.

»Abstrus«, schnaubte er verächtlich, um seine Unsicherheit zu verbergen. »Meine neue Lehrerin hat mir heute dieses Wort beigebracht und gesagt, ich solle es in Unterhaltungen verwenden.«

Gespannt sah Farah zu, wie der Junge versuchte, die feinen Ringe zusammenzufügen. Dann wanderte ihr Blick zu seinem Gesicht. Es war nass von Schweiß, als hätte er es in strömenden Regen gehalten. Amari hatte mit den Ringen zu kämpfen, drehte sie hin und her, presste sie zwischen den Fingerspitzen zusammen, als wolle er sie zurechtbiegen. Das Lächeln seiner Mutter wurde immer starrer und zeigte inzwischen nicht einmal mehr einen Anflug von Stolz.

»Die Kerben, Schätzchen …«, begann sie. Farah hob eine Hand.

»Mir hat niemand geholfen«, stellte Farah ruhig fest. »Er sollte es ebenfalls alleine schaffen.«

Lady Amari warf ihr einen giftigen Blick zu. Inzwischen versuchte Amari, die Ringe mit den Zähnen zusammenzufügen. Als dies zu nichts führte, klatschte er sie fluchend in seine Hand.

Nun stand er reglos da und starrte auf das Häufchen Einzelringe auf seiner Handfläche.

Farah stockte der Atem. Ihre Freunde hatten sich an den Händen genommen und selbst Ahmad schien den Ernst der Lage begriffen zu haben. Er hielt sich an Farahs Arm fest und gab keinen Ton von sich.

Hatte der Architekt aufgegeben? Oder würde er im nächsten Augenblick den fertig zusammengesetzten Ring hochhalten? Es war schwer einzuschätzen, wozu er fähig war.

Als Amari den Kopf hob, war von einem siegesgewissen Grinsen nichts zu sehen und alles Selbstvertrauen schien von ihm gewichen zu sein.

»Ich … ich schaffe es nicht«, stammelte er und sackte in sich zusammen.

28

Farah war, als erstarre sie zu Eis. Dennoch spürte sie, dass Essie an ihrem Ärmel zupfte und dass Alex ihr etwas ins Ohr flüsterte. Amari kniete am Boden, die Ringe waren ihm aus der Hand gefallen und manche rollten ein Stück weit oder drehten sich um sich selbst, bevor sie umfielen.

Lady Amari ließ sich graziös neben ihrem Sohn nieder. »Amari, Amari.« Sie schüttelte ihn sanft. Sein Kopf wackelte dabei hin und her wie der einer Puppe. Plötzlich schrie er wütend: »Ich habe dieses Spiel nie gelernt!«

Überrascht stellte Farah fest, dass sie so etwas wie Mitgefühl für ihn empfand. Natürlich hatte er noch nie mit Puzzleringen gespielt. Wenn sie damals, vor langer Zeit, als er ein kleiner Junge gewesen war, nur für Erwachsene gedacht gewesen waren, hatte er ja nie die Gelegenheit dazu gehabt.

Nun drehte sich Lady Amari zu Farah, Essie und Alex

um und sah überhaupt nicht mehr freundlich, wohlwollend oder mütterlich aus. Sie hatte die Oberlippe hochgezogen, als wolle sie die Zähne fletschen, und die Hände so fest zu Fäusten geballt, dass ihre langen scharfen Fingernägel sich in die Haut der Handballen bohrten.

»Du hast die Ringe verhext!«, fauchte sie Farah an. »Er bekommt kaum Luft, er hat all seine Kraft verloren. Gestehe sofort, oder ich …«

Sie konnte den Satz nicht beenden. Ihre Hand fuhr zum Ausschnitt ihres Kaftans, sie verdrehte die Augen und schaute nach oben. Verwirrt blickten jetzt auch Farah und ihre Freunde hoch. Dort oben an der Decke entstand irgendetwas. Eine Wolke, wattig und grau, die zusehends größer und größer wurde und sich mit so viel Kraft gegen die Decke stemmte, dass die Säulen und Wände des Raums zu beben begannen.

Gleich darauf donnerte es krachend und ein wütendes Knurren hallte durch den Palast.

»Amari!«, schrie seine Mutter. »Es ist der Dschinn!«

Das Gebäude schien auseinanderzubrechen. Eine starke Erschütterung brachte Farah, ihre Freunde und Ahmad aus dem Gleichgewicht und sie fielen zu Boden. Lady Amari beugte sich über ihren Sohn und schirmte seinen Körper mit ihrem ab, während sich der Palast immer heftiger bewegte.

»Oh mein Gott! Oh mein Gott!«, jammerte Alex und klammerte sich mit Armen und Beinen an eine der Säulen. Essie hielt sich an einem Fensterrahmen fest. Ahmad drückte sein Gesicht an Farahs Brust und Farah presste mit der einen Hand ihren Bruder an sich und hielt sich mit der anderen an einem Türrahmen fest. Der Fußboden tanzte auf und ab, dann begann er sich zu einer Seite zu neigen. Als Farah auf ihn hinunterschaute, wurde ihr schlecht.

War der Architekt gestorben, weil er das Spiel verloren hatte?

Abermals schwankte der Palast. Der Fußboden neigte sich immer steiler zur Seite. Farahs Hand rutschte vom Türrahmen ab. Zusammen mit Ahmad schlitterte sie auf eines der vielen offenen Fenster und den Himmel dahinter zu.

Essie setzte sich rittlings auf den Fensterrahmen und bekam Farah und Ahmad mit beiden Händen zu fassen, als sie an ihr vorbeiglitten. »Ich fürchte, ich kann mich hier nicht mehr lange festhalten!«, rief sie.

»Wir stürzen in das verdammte Meer!«, schrie Alex.

Farah wünschte, sie wüsste, was sie tun sollte. Sie sah, wie es Essie immer schwerer fiel, sich an dem Fensterrahmen festzuhalten, und sprach leise ein Gebet.

Es konnte doch nicht so enden! Jetzt, wo Ahmad, wo ihre Freunde alle bei ihr waren. Jetzt, wo sie alle zusammen waren und alle bisherigen Abenteuer bestanden hatten.

»Farah! Essie! Alex!«

Der Schrei hatte so fern und leise geklungen, dass Farah einen Augenblick lang dachte, sie hätte ihn sich nur eingebildet. Dann aber hörte sie ihn noch einmal, und dieses Mal klang er näher und lauter, als käme er von jenseits der Fenster.

»Ich bin es! Vijay!«, rief ihr neuer »großer Bruder«.

Essies Kopf wirbelte herum. Draußen vor dem Fenster erschienen ein Fesselballon und ein junger Mann mit einem vertrauten Grinsen.

»Hört mal, ihr müsst da loslassen und schnell zu mir kommen!« Vijay wirkte gelassen und auch seine Stimme klang beruhigend, obwohl er das Tosen des Sturms übertönen musste.

»Wie … loslassen?«, schrie Essie. »Ich kann nicht!«

»Doch, lass los. Ich bin hier. Ich fange euch einen nach dem anderen auf, versprochen. Ahmad zuerst. Lasst euch nach draußen fallen, und ich fange euch auf und wir können hier weg. Ihr müsst zum Landesteg. Madame Nasirah wartet schon auf euch. Alle können endlich das Spiel verlassen!«

Essie biss sich auf die Unterlippe. Sie sah ängstlich aus. Dafür wirkte Alex zuversichtlich. Er nickte ihr beruhigend zu.

Farah schaute ihrem Bruder ins Gesicht. Furchtsam

starrte er sie an. »Ahmad«, sagte sie mit fester Stimme. »Ich lasse dich jetzt los und der nette Mann fängt dich auf, okay? Du musst jetzt tapfer sein und deiner *Apu* vertrauen.«

»O…okay«, stotterte Ahmad.

»Eins … zwei …« Farah drückte ihn noch einmal an sich. Dann kniff sie die Augen zu und ließ ihn los.

Es folgte ein Moment angespannter Stille, bis Vijays erleichterte Stimme zu ihnen durchdrang: »Okay, Kleiner, ich hab dich. Alex, du bist der Nächste.«

Alex ließ die Säule los und rutschte schreiend den schiefen Fußboden hinunter und durch das Fenster. Erst als er im Ballonkorb landete, hörte er auf zu schreien. Farah holte einmal tief Luft und tat es ihm nach. Sie schrie nicht, aber sie wagte es auch nicht, die Augen zu öffnen. Sie spürte, wie sie den glatten Marmorboden hinunterrutschte, dann von Vijays starken Armen aufgefangen und schließlich in den Korb gehievt wurde.

»Farah! Farah, das war so cool! Können wir das noch mal machen?«, bettelte Ahmad.

»Nein!«, protestierten Alex und Farah gleichzeitig.

»Essie, jetzt bist du dran!«, rief Vijay.

Farah konnte Essies zweifelndes, starres Gesicht sehen. Sie versuchte ein ermutigendes Lächeln, doch sie merkte, wie ihr dabei die Lippen zitterten. »Komm schon, Essie. Schließ einfach die Augen, dann ist es leichter.«

»Ich kann nicht loslassen, ich habe zu große Angst«, schrie Essie.

»Du schaffst es! Du bist doch die Mutigste von uns!«, rief Farah zurück.

Essie sah sie an, dann schloss sie seufzend die Augen. Sie glitt vom Fensterrahmen herunter und Vijay fing sie auf. Bevor er sie losließ, drückte er sie noch einmal fest. »Du hast es geschafft, du mutiges Mädchen. Du warst tapferer als wir anderen alle zusammen.«

Essie strahlte ihn an. Farah streckte ihr einen Arm entgegen und Essie kuschelte sich an sie. Ahmad drängte sich eng an die beiden Mädchen, sodass er bei beiden gleichzeitig auf dem Schoß saß.

»Fliegen wir jetzt zum Basar zurück?«, fragte Alex.

Vijay hatte sich eine Fliegerbrille aufgesetzt. Er schüttelte den Kopf. »Nein, die ganze Stadt fällt auseinander. Wir fliegen jetzt zum Landesteg.«

»Wo sind Henrietta und die anderen Eidechsen?«, erkundigte sich Essie.

»Sie warten am Steg auf uns«, antwortete Vijay. »Sie konnten alle entkommen. Seid ihr bereit?«

Farah ergriff seinen Arm. »Und der Architekt?«

»Farah, ich bitte dich!«, empörte sich Alex. »Er hat deinen Bruder entführt. Er wollte uns hier drinnen gefangen halten. Er ist der Adoptivsohn eines furchtbaren Dschinns!«

Farah starrte Vijay an. Sie wusste, dass Alex recht hatte. Der Architekt hatte Vijays Leben gestohlen, Tante Zohra unglücklich gemacht – und wenn sie drei die Herausforderungen nicht bestanden hätten, die Eidechsen Ahmad nicht gefunden hätten und sie nicht die gute Idee mit dem Puzzlering gehabt hätte, wäre etwas passiert, das so entsetzlich gewesen wäre, dass Farah jetzt nicht weiter darüber nachdenken wollte.

Doch auch der Architekt war ein Mensch. Er war ein Kind gewesen, ein Kind mit liebevollen Eltern. Sie hatten ihn so geliebt, dass sie ihre Seelen einem Dschinn versprochen hatten, nur damit ihr Kind überlebte. Das Herz von Paheli war sein Herz, und seine Erinnerungen an sein Leben als Mensch waren es gewesen, die der Stadt der tausend Türme Leben eingehaucht hatten.

Im Grunde war er doch nur ein Kind.

Vijays Blick wurde freundlicher.

»Farah, schau mal dort drüben.«

Farahs Augen folgten seinem ausgestreckten Finger. Dort in der Ferne fuhr der Sandzug.

»Ich glaube, dem Architekten geht es gut. Aber wir müssen jetzt hier weg.«

29

Auf ihrem Flug zum Landesteg sah Farah Paläste wie Luftballons herumschweben. Schicht um Schicht wurden die Straßen und die Häuser und Läden, die sie säumten, zu Sand. Das Stadttor gab es nicht mehr, und die blutige Flut verschlang alles, was ihren Weg kreuzte.

Sie erreichten den Landesteg. Madame Nasirahs Teestube schwamm schaukelnd in seiner Nähe herum, und auch der Landesteg schwankte bedenklich, von der immer höher ansteigenden roten Flüssigkeit hin und her gezerrt.

Vijay gelang es, seinen Fesselballon so nahe an die schwimmende Teestube zu manövrieren, dass er an deren Tür klopfen konnte. »Madame Nasirah, Madame Nasirah! Ich bin es, Vijay!«

Die Tür öffnete sich nach innen und Madame Nasirahs ausnahmsweise unverschleiertes Gesicht erschien. Als sie die Kinder sah, rief sie: »Dem Himmel sei Dank!« und band den Ballon mit dem Seil, das Vijay ihr zugeworfen hatte, an ihrer Teestube fest.

Vijay half seinen Passagieren, aus dem Korb und in die schwimmende Teestube zu klettern. Farah schob Ahmad durch die Tür und folgte ihm dann nach. Alex und Essie kamen als Nächste. Der Fußboden fühlte sich unter Farahs Füßen überraschend fest und sicher an. Doch kaum dass ihre Füße ihn berührt hatten, wurde sie von Madame Nasirah hochgerissen und stürmisch umarmt.

»Dem Himmel sei Dank!«, wiederholte Madame Nasirah mit erstickter Stimme. »Oh, Farah! Du hast es geschafft! Du hast es tatsächlich geschafft!«

»Erinnern Sie sich denn an uns?«, fragte Farah.

Madame Nasirah kniff sie liebevoll in die Wange. »Ich musste das Spiel des Architekten mitspielen. Er beobachtete uns. Er wollte, dass ich euch ausbremse. Trotzdem habe ich versucht, euch ein wenig zu helfen.« Sie hob ihre beringte Hand und zwinkerte Farah zu.

Jetzt war Farah es, die Madame Nasirah umarmte.

»Wir haben keine Zeit!«, rief Vijay durch die offene Tür nach innen. Er schaute zum Himmel hinauf. »Dieses Unwetter sprengt Paheli auseinander! Die Kinder müssen sofort gehen!«

»Und ihr auch!«, sagte Farah. Sie wandte sich wieder zu

Madame Nasirah um. »Und die Eidechsen. Ihr müsst alle mit uns mitkommen. Wenn der Dschinn vor Wut tobt und der Architekt – ich meine Amari – uns hier nicht mehr festhalten kann, dann müssen wir alle hier weg.«

Durch ein Fenster der Teestube konnten Farah, Alex und Essie den Sandzug sehen, der jetzt nicht mehr auf seiner Sandschiene fuhr, sondern direkt auf sie zuzurasen schien. Farah kniff die Augen halb zusammen und meinte, an einem der Fenster die hohe schlanke Gestalt von Lady Amari zu erkennen. Doch dann fuhr der Zug mitten in ein einstürzendes Gebäude hinein und verschwand in einer Wolke aus Staub und Sand.

Madame Nasirah schien sie ebenfalls gesehen zu haben, denn sie sagte: »Sie ist mir egal. Und um mich solltet ihr euch auch keine Sorgen machen. Ich bleibe noch ein Weilchen und passe auf, dass sich alle in Sicherheit bringen können. Ich verspreche euch, dass ich später nachkomme.« Sie legte ihre Hände auf Farahs Schultern. »Bringe deinen Bruder und deine Freunde hier weg. Der Landesteg ist schwer beschädigt, weil schon so viele Leute über ihn geflüchtet sind. Aber meine Teestube hat eine Hintertür. Geht durch sie hinaus und der Sturm wird euch in eure Welt zurücktragen.«

Ein Klackern von Krallen auf Holzboden erklang, und hinter dem Vorhang, der den rückwärtigen Teil der Teestube abtrennte, kam Henrietta zum Vorschein. »Der Wind wird heftiger. Und der Sandzug hat sich wieder zusammengesetzt«, berichtete sie aufgeregt. »Ich glaube, es wird jetzt wirklich Zeit für den Abschied.«

»Henrietta!«, rief Farah aus.

Die Anführerin der Eidechsen schüttelte den Kopf. »Madame Nasirah hat recht. Es wird Zeit für euch, nach Hause zu gehen. Hier entlang.«

Farah ergriff Henriettas Schwanz. »Kommt ihr mit uns mit?«

»Farah, wir müssen uns beeilen!« Vijay schnappte Ahmad und setzte ihn sich auf die Schultern. Dann wandte er den Kopf, um sich zu dem erschrockenen Jungen umzudrehen. »Hey, Kleiner. Ich bin dein Vijay *Bhai*. Du hast doch keine Angst, oder?«

Schweigend schüttelte Ahmad den Kopf.

»Ausgezeichnet.« Vijay wandte sich nun zu Farah. »Du gehst voran. Auf, nach Hause!«

Farah nickte. Dann schaute sie wieder Henrietta an. »Du kommst doch wenigstens bis zur Hintertür mit, um Auf Wiedersehen zu sagen? Ich lasse deinen Schwanz sonst nicht los.«

»Was immer du willst.« Henrietta zog Farah mit hinter den Vorhang. Dort warteten schon die übrigen Eidechsen. Sie nickten Farah respektvoll zu. Eine wickelte ihren

Schwanz um die Klinke von Madame Nasirahs Hintertür und drückte sie hinunter. Die Tür sprang auf. Ein heftiger Wind blies ihnen entgegen und hätte sie alle fast umgeweht. Alex, Essie und Farah schauten hinaus und sahen dort nur noch dunkle, sich auftürmende Unwetterwolken.

Farah drehte sich zu Ahmad um. Er klammerte sich fest an Vijays Hals, doch er wirkte gefasst, und als sein Blick den von Farah traf, nickte er ihr zögerlich zu.

Farah ergriff Essies Hand und merkte, wie stolz sie auf ihren kleinen Bruder war. Essie nahm schnell Alex' Hand und Vijay umfing die drei mit einem Arm.

»Okay, Leute.« Seine Stimme klang überraschend ruhig. »Bei drei …«

Farah kniff die Augen zu und Alex rückte näher an Essie heran.

»Drei!«, rief Vijay laut.

Farah und ihre Freunde sprangen in den Sturm hinein.

Sie stürzten tiefer, tiefer und tiefer, und es fühlte sich an, als würden sie niemals unten ankommen. Farah war, als klopfe ihr Herz bis in den Hals hinauf, und sie wagte nicht, die Augen zu öffnen.

Der Sturm umfing sie, drang ihnen in Nase und Mund und erschwerte das Atmen. Plötzlich aber nahm Farah einen vertrauten Duft wahr. Kurkuma? Und Zimt. Und eindeutig Kreuzkümmel.

Farah kam auf einer weichen Oberfläche auf. Zögernd öffnete sie ein Auge und schaute nach unten. Überrascht stellte sie fest, dass sie auf einen Teppich starrte. Und es war nicht irgendein fliegender Teppich, sondern der Teppich in ihrem Zimmer. »Seid ihr alle da?«

Ja, sie waren alle neben ihr gelandet: Ahmad, Essie, Alex. Und Vijay.

Zu Hause. Sie waren wieder zu Hause. In Farahs Zimmer.

Die vier sprangen auf und sausten die Treppe hinunter, Vijay folgte ihnen langsam. Vor dem Esszimmer blieben sie stehen. Farahs Mutter saß niedergeschlagen am Esstisch, zusammen mit einer verweinten Tante Zohra.

Als die Mutter sie erblickte, stand sie auf und ging auf sie zu.

»Mom«, sagte Farah nur.

»Was ist passiert?«, rief die Mutter völlig aufgelöst und fassungslos.

Mit einem Schrei stürzte Ahmad auf seine Mutter, die ihn auffing und an sich drückte. »Wo wart ihr bloß? Wisst ihr, was wir durchgemacht haben? Ihr wart über vierundzwanzig Stunden lang verschwunden! Euer Vater hat die ganze Nacht hindurch nach euch gesucht und die Polizei fahndet nach euch. Im Fernsehen berichten sie von eurem Verschwinden. Essies und Alex' Eltern sind verzweifelt!« Sie machte eine kurze Pause, um Luft zu holen. Dann schaute sie Vijay misstrauisch an. »Und wer sind Sie? Farah, wer ist dieser Mann?«

»Wir sind alle wieder zurück!«, rief Farah und ergriff Vijays Hände, um einen Freudentanz aufzuführen. Dabei ließ sie Tante Zohra nicht aus den Augen. Diese stand gerade auf und ging schwankend auf Farah zu.

»Farah? Bist du es wirklich?«, fragte Tante Zohra.

Farah nickte und merkte, dass ihr die Tränen kamen. Trotzdem grinste sie ihre Tante an. »Wir sind herausgekommen, Tante Zohra. Genau wie du damals.«

Tante Zohra lachte unter Tränen. »Ach, Farah! Farah, du hast es geschafft!« Sie streichelte Farahs Kopf und zog deren Schal zurecht. Dann schaute sie verwirrt den jungen Mann neben Farah an. »Aber … aber das …?«

Vijay blinzelte Zohra unsicher an. »Moment mal … Ist das …?«

»Bist du …?«, stammelte Zohra weiter und neue Tränen schossen ihr in die Augen. »Ist das wirklich …?«

Vijay lächelte. »Wir haben uns lange nicht gesehen, liebe Freundin.«

Farahs Blick wanderte zwischen den beiden hin und her. Ob Tante Zohras Wunden jetzt wohl irgendwann verheilten? Ob sie jetzt wohl aufhören konnte, sich Sorgen und Vorwürfe zu machen, und zu einer fröhlicheren Frau wurde?

Farahs Mutter hatte keine Ahnung, was hier in ihrem Esszimmer vor sich ging. »Ich weiß immer noch nicht, wer Sie sind!«, sagte sie und ging drohend auf Vijay zu.

»Halt, halt!« Er wich einen Schritt zurück. »Erinnerst du dich denn nicht an mich? Ich bin der Junge, der früher nebenan gewohnt hat. Vijay. Weißt du noch? Ich habe dich einmal an *Eid al-Fitr* mit Mangos beworfen und deine Lieblingssachen ruiniert.«

»War das nicht bei der Hochzeit meiner Cousine?«

»Ja, vielleicht.«

»Auf jeden Fall ist das nicht die beste Erinnerung, die ihr voneinander haben solltet«, sagte Tante Zohra. Vijay aber war bereits vor Mom in den Flur geflüchtet. Tante Zohra folgte eilig. Ahmad kicherte. Er hatte sich den Mund schon wieder mit *Chenna Murki* vollgestopft.

»Da bekommt jemand richtig Ärger«, stellte er kauend fest. Dann fiel ihm etwas auf, das sich auf dem Fußboden bewegte. »Tiktikis! Farah *Apu*, schau nur!«

Farah folgte seinem Blick.

»Die Widerstandsliga!«, rief sie erfreut. »Sie haben es geschafft, rauszukommen!«

Ihre Mutter aber, die inzwischen aus dem Flur zurückgekehrt war, freute sich über diese Besucher ganz und gar nicht. »Eidechsen! Wer hat sie nur ins Haus gelassen?« Sie griff nach einem Besen und wollte die kleinen Tiere damit vertreiben. »Farah, du steckst in Schwierigkeiten. Warte nur, bis du an die Reihe kommst.«

Ahmad hüpfte am Boden hinter den Eidechsen her, die sich unter dem Wohnzimmersofa vor Moms Besen in Sicherheit brachten.

Farah wollte ihm folgen, weil sie befürchtete, er könnte den Tieren wehtun, doch da ergriff Essie ihren Arm. »Farah! Farah, warte! Das Spiel!«

Farah, Essie und Alex liefen schnell in Farahs Zimmer zurück.

Das Spielbrett glimmte und glühte, die Ränder waren schon weggebrannt.

Alex ging vorsichtig näher heran. »Ich glaube, wir haben es zerstört.«

Auf dem Teppich lagen geschmolzene Glas- und Sandklumpen. Auch darüber würde Mom sich nicht freuen. Farah machte sich deswegen trotzdem keine Sorgen.

»Ja, wir haben es vernichtet, ein für alle Mal. Los, kommt wieder nach unten, ich sterbe vor Hunger«, sagte Farah. Ihr Zimmer würde sie später aufräumen.

Zwar hatten sie überall Schnitte, Abschürfungen und blaue Flecken und ihre Kleider waren völlig ruiniert. Außerdem würden sie einiges erklären müssen. Dennoch fühlte sich alles … so richtig an. Sie waren wieder zu Hause. Ahmad führte einen Siegestanz auf, ihre Freunde kamen jetzt auf Farah zu und umarmten sie. Sie war wieder in ihrer Welt. Auch wenn sich die neue Wohnung noch fremd anfühlte, wenn ihr die Aussicht aus den Fenstern noch nicht vertraut war … Das, worauf es ankam, waren ihre Familie und ihre Freunde, alles andere war egal, und das wurde Farah in diesem Moment endgültig klar. Es waren die Menschen, für die zu kämpfen es sich lohnte und die ihr ebenfalls jederzeit beistehen würden.

»Wir haben es geschafft«, flüsterte sie. »Wir haben gewonnen!«

Selbst Paheli hatte eine Mirza nicht besiegen können.

Glossar

Apu:	ältere Schwester
Bhai:	Bruder
Bollywood:	Hindi-Filme, die in Mumbai, dem früheren Bombay, produziert werden. Die Hindi-Filmindustrie wird in Anlehnung an Hollywood umgangssprachlich Bollywood genannt.
Chai:	asiatische Gewürztee-Zubereitung mit Milch und Zucker
Chenna Murki:	weiche süße bengalische Käsekugeln
Chutku:	Kosename
Dschinn:	übersinnliche Wesen, böse Geister oder Dämonen im arabischen Volksglauben

Dupatta:	ein Schleier in der Art eines langen breiten Schals
Eid al-Fitr:	das Fest des Fastenbrechens – ein islamisches Fest im Anschluss an den Fastenmonat Ramadan
Ghayb:	das Unsichtbare, das Verborgene
Ghul:	Friedhofsdämon aus der persischen und arabischen Mythologie
Halal:	ein Begriff aus dem Arabischen u.a. für Lebensmittel, die »rituell rein« und deren Verzehr nach islamischem Recht zulässig ist
Halwa:	eine Süßwarenspezialität, meist aus Ölsamen oder geröstetem Sesam, Zucker und Honig
Hijabi:	Frau, die einen Hijab (Verhüllung, Kopfbedeckung, z.B. Kopftuch oder Schal) trägt

Lailat (Lailat-al-Qadr):	heilige Nacht im Monat Ramadan
Mancala:	Brettspiele, die meist von zwei Personen gespielt werden.
Masi:	Tante (Schwester der Mutter)
Gemüse-Pakora:	frittiertes Gemüse
Paheli:	*Rätsel* auf Hindi
Salwar Kamiz:	traditionelle Kleidung. Ein Kamiz ist ein längeres Hemd, das locker über einer Hose (Salwar) getragen wird und in aller Regel ab der Hüfte abwärts geschlitzt ist, um mehr Bewegungsfreiheit zu ermöglichen.
Samosa:	gefüllte Teigtasche aus Indien und Pakistan
Tadsch Mahal:	*Taj Mahal*, ein berühmtes Mausoleum

Tiktikis:	kleine grüne Hausgeckos
Vogel Roc:	ein Fabelwesen aus den arabischen Erzählungen von Tausendundeiner Nacht

Riazi, Karuna:
Paheli – Spiel um alles oder nichts
ISBN 978 3 522 18491 5

Aus dem Englischen übersetzt von Cornelia Panzacchi

Covergestaltung: Max Meinzold
Innentypografie: Swabianmedia, Eva Mokhlis, Stuttgart
Reproduktion: Medienfabrik GmbH, Stuttgart
Druck und Bindung: GGP Media GmbH, Pößneck

FSC www.fsc.org MIX Papier aus verantwortungsvollen Quellen FSC® C014496

Titel der englischsprachigen Ausgabe »The Gauntlet«.

2. Auflage 2018

Dieses Werk wurde vermittelt durch die Michael Meller Literary Agency GmbH, München.

Wie weit würdest du gehen, um deine Welt zu ändern?

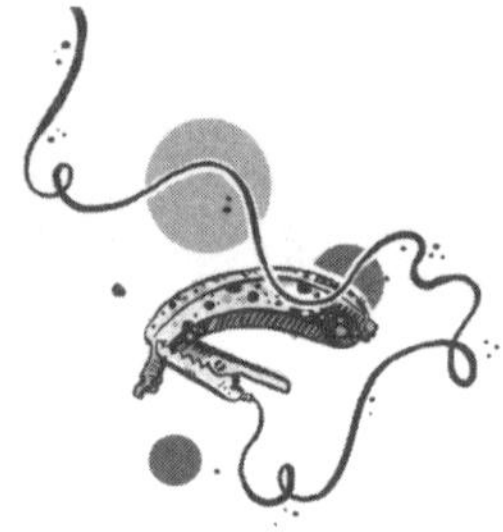

Christopher Edge
Albie Bright
Ein Universum ist nicht genug

176 Seiten · Gebunden
ISBN 978-3-522-18487-8
ebook

Ist es wirklich möglich, durch Raum und Zeit zu reisen und in einem Paralleluniversum zu landen? Die Idee klingt für Albie so verrückt, dass er es ausprobiert. Mit einem Karton, einer vergammelten Banane und der Nachbarskatze wagt er das Experiment. Und siehe da: Es funktioniert! Auf Albie wartet Unglaubliches. Ob sich bei diesem Abenteuer auch sein größter Wunsch erfüllen wird?

THIENEMANN
Wir schreiben Geschichten!

www.thienemann.de